Tucholsky   Wagner   Zola   Scott   Sydow   Freud   Schlegel
    Turgenev   Wallace   Fonatne

        Twain   Walther von der Vogelweide   Fouqué   Friedrich II. von Preußen
                    Weber   Freiligrath   Frey
                                      Kant   Ernst
Fechner   Fichte   Weiße Rose   von Fallersleben   Richthofen   Frommel
                                              Hölderlin
        Engels   Fielding   Eichendorff   Tacitus   Dumas
    Fehrs   Faber   Flaubert
                                          Eliasberg   Ebner Eschenbach
Feuerbach   Maximilian I. von Habsburg Fock   Eliot   Zweig
                    Ewald   Vergil
        Goethe   Elisabeth von Österreich   London
Mendelssohn Balzac   Shakespeare
                        Lichtenberg   Rathenau   Dostojewski   Ganghofer
    Trackl   Stevenson   Hambruch   Doyle   Gjellerup
Mommsen   Tolstoi   Lenz   Droste-Hülshoff
        Thoma   Hanrieder
Dach   Verne   von Arnim   Hägele   Hauff   Humboldt
        Reuter
    Karrillon   Rousseau   Hagen   Hauptmann   Gautier
            Garschin   Baudelaire
        Damaschke   Defoe   Hebbel
                        Descartes   Hegel   Kussmaul   Herder
Wolfram von Eschenbach   Dickens   Schopenhauer
        Bronner   Darwin   Melville   Grimm Jerome   Rilke   George
        Campe   Horváth   Aristoteles   Bebel   Proust
Bismarck   Vigny   Barlach   Voltaire   Federer   Herodot
                    Gengenbach   Heine
    Storm   Casanova   Tersteegen   Gilm   Grillparzer   Georgy
            Chamberlain   Lessing   Langbein   Gryphius
Brentano   Lafontaine
    Strachwitz   Claudius   Schiller   Kralik   Iffland Sokrates
        Katharina II. von Rußland Bellamy   Schilling
                            Gerstäcker   Raabe   Gibbon   Tschechow
Löns   Hesse   Hoffmann   Gogol   Wilde   Gleim   Vulpius
    Luther   Heym   Hofmannsthal   Klee Hölty   Morgenstern
        Roth   Heyse Klopstock   Kleist   Goedicke
Luxemburg   Puschkin   Homer   Mörike
            La Roche   Horaz   Musil
    Machiavelli   Kierkegaard   Kraft   Kraus
Navarra Aurel   Musset   Moltke
                    Lamprecht   Kind   Kirchhoff   Hugo
    Nestroy   Marie de France
                            Laotse   Ipsen   Liebknecht
    Nietzsche   Nansen   Ringelnatz
        Marx   Lassalle   Gorki   Klett   Leibniz
    von Ossietzky   May   Irving
                        vom Stein   Lawrence
Petalozzi   Knigge
    Platon   Kafka
        Sachs   Poe   Pückler   Michelangelo   Kock
                                      Liebermann   Korolenko
        de Sade Praetorius   Mistral   Zetkin

Der Verlag tredition aus Hamburg veröffentlicht in der Reihe **TREDITION CLASSICS** Werke aus mehr als zwei Jahrtausenden. Diese waren zu einem Großteil vergriffen oder nur noch antiquarisch erhältlich.

Symbolfigur für **TREDITION CLASSICS** ist Johannes Gutenberg (1400 — 1468), der Erfinder des Buchdrucks mit Metalllettern und der Druckerpresse.

Mit der Buchreihe **TREDITION CLASSICS** verfolgt tredition das Ziel, tausende Klassiker der Weltliteratur verschiedener Sprachen wieder als gedruckte Bücher aufzulegen – und das weltweit!

Die Buchreihe dient zur Bewahrung der Literatur und Förderung der Kultur. Sie trägt so dazu bei, dass viele tausend Werke nicht in Vergessenheit geraten.

Balder

Hugo Marti

Impressum

Autor: Hugo Marti

Umschlagkonzept: toepferschumann, Berlin

Verlag: tradition GmbH, Hamburg

ISBN: 978-3-8424-0928-6

Printed in Germany

Text der Originalausgabe

Text der Originalausgabe

HUGO MARTI

BALDER

1·9·2·3
BASEL * IM RHEIN-VERLAG * LEIPZIG

EINKLANG

Langsam durch die Abendschatten reitet
Hoch auf weißem Roß ein schlanker Jüngling,
Reitet leisen Hufes durch die Wälder
Aufwärts nach der birkenhellen Lichtung.
Dort, im letzten Flammenschein der Sonne,
Springt er nieder von des Rosses Rücken
In den Rasen bei dem schmalen Bache,
Und mit seinen Händen streift er leise
Ueber die noch toten Birkenzweige,
Ueber die noch winterstarre Rinde,
Beugt sich nieder dann zum blassen Boden,
In die Knie sinkend und mit warmem
Hauche flüsternd zu den schwanken Halmen:
»Wachet auf aus eurem langen Schlafe!
Frühling segnet neu die alte Erde,
Und die Stunde kam des lichten Wunders.«
Aber wie er langsam weiterreitet
Hoch und hell im schattenstillen Walde,
Heben leis die Zweige an zu zittern,
Recken sich empor die schwachen Gräser,
Und es wird ein Flüstern und ein Fragen
Und es wird ein tausendfaches Singen,
Wo er immer streift mit seinen Händen;
Und wo seines Rosses Huf getreten,
Schwebt an schwankem Halm ein Silberglöcklein,
Schwingt im Wind und sendet sein Geläute
Durch den Abend über Hang und Hügel. –

Frühlingsnacht entsteigt den schmalen Tälern,
Erste Nacht von sieben heiligen Nächten,
Und ihr weicher, faltenreicher Mantel
Decket schon das weite Land der Tiefe,
Löschet leis der Flüsse glühend Funkeln,
Bauschet sich empor an allen Halden,
Mächtig wachsend Meer der grauen Stille, –
Aber hoch wie brennende Gemäuer

Aus dem Dunkel ragen die Gebirge;
Feuer flutet über alle Joche
Und ergießet sich in breiten Strömen
Lautlos nieder in die Schattenwogen,
Und auf jedem Turme lodern Fackeln,
Lodern aufwärts in den lichten Himmel,
Weit verstreuend ihre Saat von Gluten.
Aus dem hohen Felsentore schreitet
Graugewandet, bleichen Haares, Wala;
Und sie hebt die dürren, müden Arme,
Legt die Hände sich vor ihre Stirne,
Spähend in die Ferne mit den Augen,
Und sie schüttelt ihre weißen Haare:
»Freudenfeuer flammen weit um Asgard,
Freudenfeuer über allen Bergen,
Und der Jüngling reitet durch die Wälder
Mit dem Botenruf des neuen Frühlings.
Droben in der Burg zu frohem Feste
Scharen die Gewaltigen sich und feiern
Ihrer Sippe Macht und Heldentaten.
Niemals hab ich solche Glut gesehen,
Niemals fachten sie ein solches Feuer, –
Aber siehe, aus der Tiefe wallen
Ungestüm der Schatten breite Wogen,
Und sie werden alles überfluten
Und ertränken mit dem stillen Dunkel
Auch der lohen Freudenfeuer höchstes,
Und ihr Schweigen wird auf Asgard thronen
Und der Stolzen Lippen blaß versiegeln. –
Heldentaten künden eure Lieder,
Macht und Lachen strahlen eure Stirnen,
Frühlingsfeuer fachen eure Hände,
Freudenfeuer, siebenmal geschüret,
Doch die letzte Nacht zum Opferbrande
Und zur eignen, stummen Totenfeier.«

ERSTE NACHT

Festgetöse schallt in Asgards Mauern.
In der hohen, fackelhellen Halle
Unter seinen Helden hebt sich Odin
Von dem Hochsitz, und die Stimmen schweigen.
Seine Worte brechen in die Stille,
Wie die Sonne bricht nach dem Gewitter
In die stummen, atemlosen Wälder,
Und die Schilde an den Wänden klingen
Dumpfen Widerhalls von seinen Worten:
»Asenvolk und Helden grüßet Asgard,
Meine Burg, zum Frühlingsfest gesammelt.
Blanke Waffen blinken von den Wänden,
Harte Hände winken mir entgegen,
Alte Narben flammen rot wie Fackeln
Auf gar mancher wetterbraunen Stirne.
Klänge nicht ein leises Frauenlachen
Wie ein Geigenspiel durch diese Halle,
Glänzte nicht, wie Sommerblumen schimmern,
Weiches Mädchenhaar im Lichterscheine, –
Glauben möcht ich, daß zum Kampfe gellend
Unser Schlachthorn Odins Heer gerufen.
Doch die Schwerter schlafen, und die Speere
Träumen zitternd von vergangnen Zeiten,
Und der Weltenacker, den so blutig
Unsre Rosse manchesmal zerstampfet,
Blühet saatenreich im Frühlingsfrieden.«

Grimmig Lachen saust in Aller Schweigen,
Und es gellt die Stimme Thors und spottet:
»Weise Worte will uns Odin schenken,
Weise Worte eines müden Kämpfers,
Dem das Schwert entschlafen in der Stille,
Dem die stolzen Speere dürstend rosten.
Aber mir in meiner Hand erzucket
Wie ein wildes Tier der harte Hammer,

Dem ich kaum die heiße Gier bezähme.
Wieder reiten möcht ich in die Weite,
Wieder streiten möcht ich mit den Wanen,
Wieder hören meiner Waffe Jauchzen,
Wieder führen, an mein Roß gefesselt,
Neue Geiseln, schmachbedeckt, nach Asgard.
Siehst du nicht, wie gramversunken Mimir
Unter uns die langen Tage schleppet?
Siehst du nicht, wie Loki nach Gefährten
Aus der fernen Heimat leise seufzet?
Brüder möcht ich ihnen hergeleiten,
Ihre Brüder mit den schwarzen Haaren,
Und wir würden alle froher blicken.«

Jubel brandet hell um seine Worte,
Aber dumpfes Murren dämmet grollend
Die erwachte Wut, und Odin warnet:
»Wenn die Stunde kommt, nach der du sehnest,
Wenn der Bann gebrochen wird des Friedens,
Warten unsre Schwerter nicht in Muße
Deines Rufes, um von sich zu schütteln
Ihren leichten Schlaf, – sie sind geschliffen.
Aber lange Jahre sind vergangen,
Seit ich Mimir aus den Feinden holte,
Und die gleichen Stürme haben langsam
Unser Haar gebleicht, sein schattendunkles
Und mein sonnenlichtes; und auch Loki
Schau zu jeder Stund ich Seit an Seite
Mit dem jüngsten meiner Söhne, Balder,
Wie die Nacht dem hellen Tage folget.
Löse keiner von den sichern Ketten
Leichten Sinns der Walstatt giere Wölfe,
Daß nicht seine Hand im letzten Zucken,
Todesmatt, vergeblich nur versuche,
Die unbändigen von sich zu scheuchen.
Laßt uns eher lauschen, als verwegen
Dunkle Schleier von der Zukunft zerren,
Rückwärts in der Zeiten Heldensänge.
Heil der Burg, die solche Größe hauset,

Wie sie Asgard aller Welt verkündet!
Dem Geschlechte Heil, von dem die Feinde
Selber solcher Taten Sage singen!
Sieben Nächte soll das Feuer lodern,
Sieben Nächte wollen Asen lauschen
Mimirs hohem Sang von Asgards Ahnen!«

Und der greise Wane eine Weile
Sitzt gebeugten Hauptes, und sein Scheitel
Ist wie Schnee, auf seinem Angesichte
Aber steht das Leiden langer Jahre
Wie mit Silbergriffel eingeschrieben.
Dann erhebt er sich, und seiner Stimme
Volles Lied erfüllt die weite Halle:
»Mimir soll der Asen Ehre singen,
Also will es Odin, unser Gastherr. –
Neiderzungen schmähen ihre Feinde,
Und es fällt mit doppelt hartem Schlage
Schmach zurück auf den, der sie geschleudert.
Welcher will des Schicksals Runen lesen,
Welcher sein verborgen Walten deuten,
Wer der Nornen stumm Gespinst entwirren?
Aber rückwärts blickend auf dem langen
Wege, den ein stolz Geschlecht gegangen,
Können wir die Feuerzeichen grüßen
Ihrer hohen Taten, und es werden
Unsre eignen armen, schwachen Augen
Hell im Glanze jener reinen Flammen,
Reich an stillem Wissen, scharf und wachsam,
Um das Dunkel ahnend zu durchspähen,
Welches unsre eigne Straße schattet. –
Wundermären, Asgards Heldentaten
Will ich singen sieben heilige Nächte,
Nicht die lauten, aber wohl die größten:
Des Geschlechtes stille Opfertaten.«

DIE KÖNIGSTOCHTER IDUN

Auf Asgards hohem Turme stand der Lande König, schaute in die Weite, wie die Sonne sank und sterbend ihres Blutes Feuerstrom ergoß hernieder in die Furchen des geweihten Weltenackers. Und stille ward es, Schlummer wandelte die Pfade durch das Erdenland, und leise singend auf am Himmelsgarten zogen die Gestirne.

Doch keine Ruhe fand des Königs großgemute Seele, welche rang im Kampfe mit dem schwarzen, übermächtigen Leide:

»Ein müßig Spiel und mir zum Ekel worden ist das Wirken meines Lebens. Unverstanden klangen meine Worte an die tauben Ohren des betörten Volkes, und die Jahre härteten mein Sorgen und mein Mitleid nur zu täglich neu gebornem Streite wider ihre Kleinheit. Meine Söhne, meine stolzen Erben, sandt ich aus, zu wecken wahre Jungkraft, aber Haß empfing und Neid begrüßte sie, und ihre Güte ward vergolten mit Gespött und bittern Todeswunden.

Darob ist alt geworden meine Kraft und müd mein Wille, und erkrankt ist alles Hoffen meiner besten Stunden, – siehe: was die Erde trägt, ist klein und ist gemein und wert, daß es versinke und zugrunde gehe.

Doch dessen, daß die besten Jahre ich geopfert einem Truge, zürn ich heut und fluche allem Mitleid, das mit Heuchelaugen mich betörte, mich belog und dienstbar machte diesem eiteln Ziele: einen Blinden beten lehren zu der Sonne.«

Und stöhnend warf der König diese Worte in die dumpfe Stille, wandte sich und schritt in sein Gemach, gequält von unsagbarem Leide. Und Krankheit packte ihn und zwang ihn nieder, hüllend seine hellen Sinne in des Fiebers Dunkelheit und zwingend seine Seele in der Träume Pein, und also lag er lange Tage.

Die Königstochter Idun aber legte ihre weißen, schlanken Finger kühlend auf des wunden Vaters heiße Stirn und scheuchte von dem Krankenlager weg mit ihrer Stimme glockenreinem Singen die unseligen Gedanken, die wie Dämmervögel, graugefiedert, kreischend, ruhelos umflatterten den müden König.

Und stiller ward des Kranken Stöhnen, wenn die Jungfrau betete ob seinem Haupte, aber allsobald die Königstochter aus dem Zimmer glitt und leis die Türe hinter sich geschlossen hatte, bäumte wild empor der König seinen schmerzgepeinten Körper, wie aus eisenschweren Ketten der Gefangne ringt nach Licht und Leben, aber ächzend sank er nieder auf das heiße Lager, regungslos und wimmernd, bis von neuem ihn das Fieber schüttelte und seine Schreie durch die Halle nach der linden, milden Jungfrau gellten, seiner schönen Tochter Idun.

Es blieb dem Volke aber gänzlich unbekannt des Königs Wahn und Krankheit. Denn am Sonntag, wenn die Boten aus den Ländern in den Burghof ritten auf den flinken Rossen, Kunde tragend, was sich Neues wirke auf der alten Erde, bot den Gruß und dankte ihnen auf der breiten Treppe still die Königstochter, fragte einzeln einen jeden nach den Wünschen und Begehren und versprach, dem Vater alles treulich zu vermelden, wenn er Abends wiederkehre von der Hochjagd aus dem tiefen Forste. Doch am nächsten Sonntag, wenn sie alles wohl geprüft und ausgedacht, gewährte sie Bescheid und lieh die eignen Räte ihres jungen Herzens als des Vaters Wunsch und Wille: also mög es in dem Reich geschehn und Segen bringen.

Und alles meldeten die Boten durch die Lande, aber was die Königstochter riet, gedieh dem Volke wohl und brachte mannigfachen, reichen Segen.

Nach sieben bangen Wochen aber wich der harte Gast des Schicksals aus der Königsburg, und stilles Glänzen wusch die Augen des Genesenden, und nach dem Sonnenlichte gehrten seine Blicke.

Und als zum ersten Male, wankend noch und langsam, stillen Ganges, zur gewölbten Brüstung vor dem Fenster trat der König, niederblickend über seine Lande, die im Glücke blühten und im Segen standen gleich den blustbesäten Bäumen in der Frühlingsreife, –

Da schlang die stolze Freude übermächtig ihre Arme um die blasse Königstochter, daß sie fliehen mußte in die stillste Kammer, niedersank und ihrem Glücke weinend dankte.

Doch als die Nacht im Schlummer alle Lande wiegte, streifte stumm von ihrem schlanken Arme Idun Ring und Reif, von ihrem Halse löste sie die feingefügte Silberkette, hüllte ihren hehren Leib in graue, mägdische Gewänder und vertauschte ihre weichgeschmeidigen Sandalen mit den groben, harten Wandersohlen. Und also trat sie leise an des Königs Lager, neigte ihre Lippen nach den schlummertrunknen Vateraugen, küßte sie und flüsterte und betete den Segen:

»Laß ziehen deine einzige Tochter nach dem Lande der Bedrückten, daß dein hoher Sinn von neuem lieb gewinne, was in schwarzer Stunde du verflucht und aufgegeben hast mit hartem Spruche.«

Und wandte sich, die Augen rückwärts heftend nach des Vaters Angesicht und tastend mit den Händen nach der Pforte, und verließ die Königsburg und wallte nach dem Land der Tiefe auf der breiten, mondbeglänzten Straße.

Ihr Gruß und Segen aber schlang von Träumen einen Reigen um des Königs Lager, also daß am Morgen ahnungsvoll er nach der Tochter fragte und die alte Stirne neigte, da die Diener stumm vor seine Augen legten die verwaisten Kleider und die Spangen und die feine Kette der verschwundenen und fernen Idun.

Doch diese zog fürbaß die harte Straße, bis der Morgen von den Bergen in die Täler stieg und rings im Land die Glocken sangen und die Welt erwachte.

Und vor des Städtleins Mauer, auf der Bergeshalde, pochte sie mit scheuem Finger an die Türe eines breiten, blumenfrohen Bauernhauses, Arbeit heischend.

Seit dieser Stunde schufen ihre reinen Hände armen Mägdedienst, doch schön geriet und wohl gelang, was ihre Finger streiften. Also diente sie ein Jahr und mehrte ihres Meisters Wohlstand, und im Volke hieß man sie die Unbekannte, Fremde.

Doch als der Frühling wieder auf der alten Geige seine Lieder ließ erschallen, seine Tanzgesänge, daß die Blumen jäh zum hohen Himmel ihre Augen hoben und die Wälder auf aus ihrem Schlafe rauschten, – da, an einem Sonntagabend, stürmten her vom Königsschlosse, wilder denn zu andern Malen, die entsandten Boten, schwenkend aus der Ferne ihre Hüte, daß erstaunt die Bürger allenthalben nach dem Markte eilten, sprengten durch die Tore, daß der Hufschlag in den feierstillen Gassen dröhnte, huben an und kündeten die Botschaft:

»Der König, unser Herr und Vater, gab uns diese Worte: Niedersteigen in die Lande will ich, die da dienen meinem Namen, daß ich kennen lerne mit den eignen Augen meines Volkes Art und Sitte und die Zierde grüße meiner Untertanen.

Wohlan, so rüstet Herz und Blick und freuet euch, den König zu empfangen, der da grüßen will die Zierde seiner Untertanen!«

Und lauter Jubel brauste durch die Gassen, daß erstaunt die Greise und die Weiber nach dem Markte horchten, aber faltenstirnig, ernsten Schrittes sammelten die Ratsgenossen sich am selben Abend, stritten hin und her und suchten nach der rätselvollen Weisheit, wer die Zierde bilde ihrer Bürgerschaft und grüßen möge ihren hohen Herrn und König.

Und einten sich, zu küren aus den Töchtern ihrer Stadt die Lichtesten und Sittigsten, in Worten Mildesten und Reichsten an bescheidnem Wesen.

Darob geriet unruhig diese Nacht, und allenthalben wuchs ein Wald von wimpelfrohem Tannenschmuck, und reimgezierte Schwebebogen überbrückten die geputzten Gassen, während fieberhastig zwölfe von den Ratsgenossentöchtern ihre Sprüche lernten und die feinen Schritte übten, einsam und gemeinsam, spärlich lobend, aber ängstlich tadelnd und besorgt, zu kränken ihres Königs Auge durch Verwirrtheit oder allzu scheu befangnes Wesen.

Die königliche Magd im Bauernhofe aber, da sie hörte diese Botschaft, ward erregt in ihrem tiefsten Herzen, und im Streite lag die Sehnsucht nach dem Antlitz ihres vielgeliebten Vaters mit der Angst, er möchte sie erkennen und entreißen ihrem armen Kreise und das Land berauben seiner neu erwachten Liebe, wenn er seine Tochter nicht mehr wüßte unter den Bedrückten. Am Morgen aber, da die Kunde kam, die zwölfe von den Ratsgenossentöchtern zögen nach dem Marktplatz, zu empfangen als des Landes Zierde ihren König, –

Da lachte leis die hehre Magd und nahm die Feiertagsgewänder aus der Truhe, eilte nach der Stadt und stellte sich, verborgen in dem vielen Volk, zuhinterst auf und harrte bangen Herzens auf die Ankunft ihres Herrn und Vaters.

Zur Mittagsstunde zog er ein, und wenig Ritter folgten seinem Pferd, zur Seite aber schritten demutvoll die Ratsgenossen, trugen ihre schwarzen Kappen in den

2* 19

Händen und verwirrten ihre weisen Sinne ob der Einfachheit und Größe ihres Königs.

Und staunend stand in dichter Schar das Volk und wagte kaum zu atmen, aber als der König laut mit starker Stimme grüßte, da erbrauste rings ein Jubelschrei, und ohne Unterlaß geriet von dieser Stunde an das Hüteschwenken und das Freudejauchzen, wo der König sich den Untertanen zeigte.

Am Markte aber, da die Jungfraun sittig ihm entgegenkamen, Blumen reichten, Sprüche lispelten und aus dem Wangenrot die scheuen Augen um Verzeihung baten, ließ der König stumm die Blicke gleiten über ihre Reihe, forschte tief in einer jeden Antlitz, suchend seine eignen Züge und das Wunderauge seiner Tochter, –

Darauf so dankt er ihnen, lobte sie und ritt hinweg und sprach kein frohes Wort in langen Stunden.

Am Abend aber nahm er Abschied von der Stadt und den beglückten Bürgern, grüßte sie und sprach bewegten Sinnes diese Worte:

»Ein Mann verlor beim Säen seinen Ring, ein teures Erbstück und sein einzig Kleinod.

Und da ers merkte, suchte er nach ihm und fand ihn nicht, – verschlungen hatte ihn die braune Ackerscholle.

Doch übers Jahr, nachdem die goldne Frucht geschnitten war, da grub der Mann mit Fleiß den Acker um und spähte in den Furchen nach dem Ringe, aber nicht erlangte er, wonach sein Herze brannte.

Und manche Jahre tat er so, und seine Sehnsucht nach dem Ringe schuf, daß reicher stets gedieh mit jedem Sommer seine Ernte, weil er also liebte seinen Acker, des verlornen Ringes wegen.«

Nach dieser Rede ritt er aus der Stadt und zog nach seinem Schlosse, aber nicht verstand das Volk noch seine Lehrer, was der König ihnen angesagt, doch alle eines Lobes nannten ihn darob den Weisen.

Die königliche Magd, am Abend dieses Feiertages, aber trug mit Mühe nur in ihrem Herzen all das Glück und jauchzte still ob ihres Opfers heiligem Gelingen. Und also rauschte Tag um Tag im Jahreslaufe, gleich des Meeres Wellen, die sich kräuselnd heben, zierlich zarten Schwunges, schaumgekrönt, und wieder dann zerrinnen in dem Arm der Schwestern, aber niemand weiß von ihrem Dasein, niemand kennet ihre hohe Zeit und ihre tiefe Weihe. –

Ein Hirtenknabe trieb die weißen Ziegen nach der Alp, und lustig sprangen seines Hornes Grüße über Wald und Fels hinab ins Tal am frühen Morgen.

Und es geschah, – an einem lauen Sommerabend stieg er sonngebräunt und lichter Himmelsträume voll vom Berge mit den Ziegen nach dem Tale, –

Da stand am blätterdunkeln Zaune bei der Straße, mitten in der Blumenwildnis ihres Gartens, die verlorne Königsjungfrau, grüßte ihn mit milder Stimme, bot ihm aus den weißen Händen köstlich kühle Labung. Doch wie der Wandrer tief im Forste unversehens tritt an eine blaue Quelle, drin die Schatten Ringelreigen tanzen, aber lange muß er stehn und mächtig zieht es ihn und lockt sein eigen Bild im Wasserspiegel, bis er schweren Herzens endlich weicht, und schaudernd blickt er um sich, – siehe: Nacht ist rings und alles fahl und sterbend –

So sah der Hirtenknabe in den schwarzen Augenquell der königlichen Magd und las darin das selige Rätsel seines jungen Lebens.

Und es geschah, nach wenig Tagen murrten manche Bauern wider ihren Ziegenhirten, schalten seinen Leichtsinn und geboten, besser möcht er hüten ihre Tiere, daß sich keines mehr versteige in die tückischen, verräterischen Felsen und darob zugrunde gehe.

Doch all ihr Schelten war des Windes Beute, und der Hirtenknabe lachte heimlich ihrer Torheit, die sich grämte ob dem Werte einer Ziegenherde, aber blind vorüberschritt am Blumenhag und an der Magd im Garten.

Da scharten sich die Bauern insgeheim zusammen, wollten wissen, was der Knabe treibe, und an einem sonnenblauen Morgen stiegen sie hinan zur Alp und duckten sich im Steingeröll und spähten angestrengten Blicks und mit geschärften Ohren horchten alle nach dem Knaben.

Und als der Mittag seinen Zaubersegen sang, und flüsternd überm Gletscher kam der Hauch gegangen, –

Da hob der Hirtenknabe nach dem Sonnenball die Arme, warf sich nieder, betete aus seinem übervollen Herzen:

»Mit starken Händen streuest du die Saaten deines Lichtes in die weiten Welten, und nach dir und deinem Segen gehren alle Wesen, Menschenblick wie Blumenauge, –

Doch sieh: verkümmernd müßt ich sterben gleich dem Alpenrosenbusch im Tale, wenn auf meinem Wege nicht mir leuchten würden zweier Augen stille Sterne, deren Glänzen heller wärmet denn die Sonnenfackel, tiefer brennet als die Sonnenpfeile, und vor denen deine eignen Strahlen dienend sich verneigen.

Und was ich keinem Menschen sagen kann, die Fülle meines Glückes, dir gesteh ichs gern, du stilles Mittagslicht, das du verschwiegen wandelst auf den Silbergletschern, aber wenn du niedersteigst ins Tal und ihr begegnest, ihr, der Unbekannten, Fremden, lege leis auf ihren Scheitel von den schönsten Strahlen eine goldne Krone, denn fürwahr, sie geht vor mir und allem Volk gleich einer Königstochter, stolz und lieblich.«

Und also sang der Hirtenknabe auf der mittagstillen Alpe. Doch hinterm Steingerölle flüsterten die Bauern und ergrimmten, aber einer faßte fluchend einen scharfgespitzten Stein und wog ihn sinnend, maß die Weite und entschleudert ihn, und sausend traf der Stein des Knaben braune Stirne, dunkel sprang das Blut und quoll zum grünen Rasen nieder.

Und hastig häuften ihre Hände seinem jungen Leib ein stilles Grabmal. –

Darauf ergriffen sie die königliche Magd und führten sie gerechten Zornes voll hinein zur Stadt und vor die hohen Richter, sie verklagend böser Zauberei und nach verdienter Strafe schreiend.

Und weil die Jungfrau also ruhig stand und ihre Augen leuchteten wie Wellenspiel im Abendgold, ihr Schweigen aber sprach ein gnädiges Verzeihen, –

Darob gerieten sie in Zorn und wandten sich hinweg von ihr und wollten säubern ihre Stadt und schützen Weib und Kinder vor der Macht des Bösen, zählten ihre Stimmen und erhärteten das Urteil:

»Dem Henker wollen wir die Jungfrau überliefern, daß er öffentlich, vor allem Volke, wer es sehen will, dem Aergernis ein Ende schaffe.«

Und alles Volk belobte seiner hohen Richter tiefe Weisheit, und es freuten ihre reinen Herzen sich und harrten ungeduldig auf den Tag der Sühne.

Und widerwillig stieg herauf der blasse Morgen, aber oben, wo vom Bergeskamm der Weg sich niederwindet nach dem Menschental, da zauderte und sträubte er sich eine Weile, gleich dem Opfertier, und schlug die Hände dann vor seine Augen, wandelte fürbaß und eilte durchs Gefild verdeckten Angesichtes.

Und auf dem Marktplatz scharte sich das Volk, die Mütter mit den Kindern an den Händen und die Männer hin und her beratend Landeswohl und Königstreue, aber hoch erhoben thronten stumm die Richter, wohl bewußt des schweren Amtes, das sie gottergeben weise führten.

Da scholl ein Schrei, und Aller Atem stockte, aber lautlos weitete sich eine Gasse nach der Richtstatt.

Und stolzen Ganges schritt einher die Magd und ließ die Blicke schweifen über allem Volke, gleich den Silbervögeln, die da kreisen weiten Schwunges überm mittagstillen See, und hinter ihr, gesenkten Hauptes, rotgewandet, schwertgegürtet, wankte her der Henker.

Sie stieg empor und hob die Hände, betete und segnete das Volk und harrte lächelnd, daß ihr Schicksal sich erfülle.

Der Henker aber, unbeweglich, starrte auf den Boden, bis das Murren wuchs und laute Rufe gellten und ein höhnisch Heulen sturmesgleich aus tausend Kehlen brüllte.

Da sprang er auf und trat hinzu und riß mit harter Hand von ihrem Hals und ihren Schultern weg das rauhe Bußgewand und hob das breite Schwert zum Streich, – und stürzte nieder, schlang um ihre Knie die starken Arme, küßte ihre Füße, und vor Schluchzen bebte sein gewaltiger Körper.

Und Grausen packte alles Volk; vom Platze wichen sie, und keiner sprach ein Wort von dem Geschehnis.

Die hohen Richter aber und die weisen Räte faßten den Beschluß, zu melden ihrem König, was sich zugetragen, von des Hirtenknaben Lobgesang und Steinigung bis zu des Henkers Niederfall und des entsetzten Volkes Schweigen.

Und stiegen, insgeheim und ohne ihren Plan den Mitgenossen noch den Ehefrauen zu bekennen, auf dem breiten Pfade nach der Königsburg, die Jungfrau aber führten sie in ihrer Mitte.

Doch siehe: heftig mußten sie die Widerwillige des Weges vorwärts zwingen, aber als die stolzen Türme grüßten, leuchtend überm dunkelgrünen Tannenwalde, da versuchte aus der Richter groben Griffen sie zu winden ihre königlichen Glieder und zu fliehen nach der armen Tiefe aus Erbarmen.

Doch übermächtig war der Männer Zorn, und blaß und wankend schritt die Jungfrau in den Königsburghof, wo der Brunnen flüsterte und leis im Wind die hohen Bäume sangen und im Sonnenglanz die marmorweiße Treppe träumte.

Und alles sah die Königstochter wieder, aber Tränen füllten ihre schönen Augen, und die Hände zitterten ihr heftig.

Da weiteten der Türe erzbeschlagne Flügel sich, und grüßend aus dem Schlosse trat der alte König.

Und sich entreißend ihren Häschern, jauchzend flog den Treppenpfad hinan die Jungfrau und umschlang mit ihrem schlanken Arm des Vaters Nacken, doch der König küßte zitternd ihre reine Stirne.

Und hob nach einer tiefen Weile seine Augen, spähte in den Hof nach denen, die ihm also königlich geschmückt und ehrenvoll geleitet wiederschenkten seines Alters Glück, doch siehe: niemand regte sich im Hofe, leise rauschte nur der Brunnen, flüsterten die windgewiegten Blätter.

Die Königstochter aber lächelte und sprach:»Was jene taten, rechne mir zur Schuld, und wenn ich fehlte, woll es mir verzeihen.«

Da neigte tief der König seine Stirn und betete ergriffen das Gelöbnis:

»Um deinetwillen, meine stolze Tochter, will ich alles meinem Volk vergeben, das du also liebst, und nimmer von ihm nehmen meine Hand in allen Zeiten.«

Und küßte wieder ihre Sternenaugen beide und die seidenfeinen Haare. –

Die Jungfrau aber, in den stillen Nächten, eilte oft auf unbekannten Pfaden nach der Stadt, durchwandelte die engen Gassen, leise Lieder singend, stieg empor zur Alpe, warf sich nieder an des Hirtenknaben Grabmal, um zu weinen und zu beten während langen Stunden. Aber wer sie traf in den geweihten Nächten und in ihre Augen schaute, konnte nimmer sie vergessen all sein Leben.

ZWEITE NACHT

Wo die steilen, sonnverbrannten Klippen
Jähen Sturzes nach der Tiefe gleiten, –
Hoch aus seinen reichen Matten schimmert
Asgard mit den silberblanken Zinnen,
Aber tief und ferne liegt das bunte
Erdenland, ein kunstgewirkter Teppich,
Dunkle Wälder wie geballte Heere
Stürmen aufwärts an den kahlen Felsen,
Aus dem Dunste glitzern breite Ströme,
Glühn der Menschen Städte, rot wie Wunden,
Gelbe Aecker, grüngewölbte Hügel,
Und das Meer, die stählern blaue Fessel,
Schlingt den Reifen um die reichen Lande, –
Auf der kühngetürmten Felsenklippe
Steht im goldnen Abendlichte Loki
Und er spricht zu seinem Freunde Balder:

»Asensohn! Fürwahr, an solchem Kelche
Trinken sich die Lippen satt, und strahlend
Leuchten Augen, die in solchem Bade
Täglich waschen ihr gewaltig Sehnen.
Diese Gaue sind dein Vatererbe,
Diese Schönheit beugt sich deinem Wunsche,
Du bist Herr, und diese Lande dienen.«

Balder schüttelt seine lichten Locken,
Weit von sich die jungen Arme reckend:
»Siehst du jene Wolkenschatten fliegen,
Riesenvögel, über Berg und Täler?
Kann ich ihrem stolzen Flug gebieten?
Kann ich reißen aus dem eignen Herzen
All die Schatten, die mir jede Stunde
Mit dem Schleier decken meiner Ohnmacht?
Asgards Heldentaten –: eine Kette,
Die mich fesselt an den schwachen Händen,
Die mich ewig harten Griffes schmiedet

In den Schatten unbekannter Ahnen.
Durch die Sänge kreischt der Fessel Rasseln,
In den Liedern klagt mein eigen Stöhnen,
Weint des Tatenlosen müßig Dasein.«

Leise legt ihm Loki um die Schultern
Seine Arme:»Lebst du fern der Heimat,
Schleppst du deine Tage in der Gnade
Eines Siegers, in dem stolzen Lachen
Einer fremden Sippe, die dich hasset?
Lauschest du, wie ich, in stillen Nächten
Nach dem Huftritt aus der weiten Ferne,
Nach dem Laute, dem schon fast vergessnen,
Deiner Jugendsprache, nach dem Rufe
Deiner Brüder, die dich retten kommen?
Und erschrickst ob deinem Lauschen selber
Und erstarrst vor deinem tiefsten Wunsche? –
Wirf sie von dir, diese rostige Kette,
Deine Hände hebe frei zum Lichte,
– Wer ist frei, wenn es nicht Balder wäre? –
Und in Taten sättige dein Sehnen!«

Zu dem Freunde hebt die hellen Augen
Balder, und die Lippen wollen lachen,
Doch sie zittern nur und fragen heftig:
»Hat dich Leiden also tief zerfressen
Und ist deine Seele also mürbe
Von dem Klammergriff des Wehs geworden,
Daß du lügen kannst um meinetwillen?
Dieses Wort, vor dem die Welten beben,
Dieses Wort, vor dem die Zeiten knien:
Tat, – es rollt so leicht aus deinem Munde
Wie der Fluch: Genieße und vergesse –?
Sahst du niemals, drunten auf der Erde,
Einen Bauer hinter seinem Pfluge
Ueber seinen armen Acker schreiten,
Tief gebeugt vom Morgen bis zum Abend
Unter seiner Tat den müden Rücken?
Und er wirft in tausend weiten Würfen

All sein Sehnen in die lockern Schollen,
Und er deckt es in des Mittags Gluten
Ruhelos mit seiner Hoffnung Wünschen,
Und er tritt zur Seite und er wartet –.
Doch in einer Nacht erschallt das Jagdhorn
Thors und sammelt seine wilden Heere,
Und die Rosse jagen feuerschnaubend
Aus den Schluchten durch die Tannenwälder
Und sie stampfen mit den Eisenhufen
Ihre Pfade durch den armen Acker,
Und ihr heißer Atem sengt die Scholle,
Aber Thor mit wilden Geißelhieben
Hetzt die Tiere vorwärts und er jubelt:
Meine Tat! – ob ich sie heut erjage? –
Und auch er an manchem Abend müde
Ritt auf mattem Roß in Asgards Burghof,
Leer die Hände und ein großes Staunen
In den dumpf erloschnen, starren Augen,
Gleich als hätt er zaudernd weichen müssen
Einem stärkern Arme, der ihm lächelnd
Seine sichre Beute rauben konnte
Und die Tat zerschlagen, ihm, dem Starken.
Denn auch wir mit unsern Heldensängen,
Wir mit unsern herrischen Gebärden
Sind Gefangene in Eines Fesseln,
Sind die Riesenschatten seiner Größe.«

Also spricht aus wundem Herzen Balder.
Doch auf leisen Pfoten war das Raubtier
Mit dem grauen Fell, die Abenddämmrung,
Aus den Wäldern übers Tal geschlichen,
Und es duckt sich unten an der Klippe
Und es starrt herauf aus fahlen Augen,
Beugt zum Sprunge den geschmeidigen Körper
Und erklimmt mit scharfgespitzten Pranken
Fels um Fels des jähgetürmten Abgrunds.

Und die beiden Freunde schreiten schweigend
Nach der hohen, festerfüllten Halle,

Um zu lauschen Mimirs weisem Sange.

BRAGAS LIEDER AUF DER ALTEN GEIGE

In einer wundersamen, sternenstillen Nacht, zur Stunde da das
Leben seufzend von der müden Stirne scheucht den bösen Wahn,
und Schlummer tritt an seine Krankenstatt und läßt es ruhen eines
kurzen Traumes Spanne lang, und alle Dinge rings im Weltenraum
verspüren ihrer Mutter schlafgewiegten Atemzug und flüstern leise
lächelnd unter sich ein wohlvertrautes Grüßen, –

Da horchte Braga auf, der junge Königssohn, der träumend saß
auf dem Gesimse unterm Bogen seines breiten Fensters, lauschend
über Waldeswipfel, über Schluchtentiefen in die Nacht hinaus und
nach der Sterne Singen.

Und bange stieg er nieder von der Bank am Fenster, wandelte mit
leisen Füßen durch die dunkle Halle, schritt hinüber zu der hohen
Mauer, wo aus alter, längst erstorbner Zeit ein blitzend Schwert und
eine braune Geige hingen.

Und wie er lauschte, war es ihm, als klinge von der Saite, die allein den vielen Jahren Trotz geboten und noch immer sich zum
Liede spannte, ein geheimnisvoller, zauberkräftiger Gesang, und
Antwort zitterte vom Eisenschwert und hallte wie aus ewigkeiten-
tiefer Ferne durch die Stille.

Und bebend hörte er dieselbe Weise klingen aus den Sternen, aus
dem Atem des entschlafnen Lebens, aus der letzten Saite überm
braunen Holze, aus dem blauen, blanken Stahl und aus dem eignen,
jugendstarken Herzen.

Da hob der Königssohn vom Nagel Saitenspiel und Wehre, gürte-
te die schlanken, jungen Hüften und verließ die Burg der Väter, um
zu wandern in die sehnsuchtreiche Ferne seiner Träume.

Und wie er auf verschwiegnem Waldespfade durch die Morgenfrühe streifte, siehe, da erhob vom Berge sich das Licht der Sonne,
blitzte leuchtend durch die Blätter, spielte in des Mooses Tiefen, ließ
erglühen in der Farben Wunderglanze an den spießgereckten Halmen, in den Blütenkelchen tausend spiegelklare Taugeschmeide.

Da warf sich hin der Königssohn im Schatten eines hochgestämmten Baumes, blickte aufwärts ins Geäst und lauschte, wie am Wurzelwerk die blaue Quelle flüsterte und seltne Mären wußte.

Und Baum an Baum, in regelloser Ordnung eine starke Schar, verschlungen mit den Aesten und voll Eifer strebend jeder über seinen Nachbar sich zu treiben in des Sonnenlichtes blauen Raum hinauf, so sprach der Wald zum Königssohne von den vielen Menschen auf der weiten Erde.

Da spannt er eine neue Saite übers braune Holz, und stark erklang ihr Lied im Wald und hallte ferne.

Und wie er dürstend niederbeugte seine roten Lippen zu dem blauen Quell, da blickte ihm entgegen seiner jungen Züge Ebenbild, und Kunde gab dem Königssohn der Zauberspiegel von des Körpers kunstgeschaffnem Werke und von starker Hände Tatenfreude.

Da spannt er wieder eine Saite übers braune Holz, und ihre Weise klang wie Schlachtgesang so stolz und hell wie Mittagssonne.

Und über seinem Haupt im Baumesgrün ein kleiner Vogel sang sein glückdurchjauchztes Lied und hub von neuem immer an und sang und sang, und schwer von Sehnsucht ward das Herz des Königssohnes.

Und nochmals spannt er eine Saite übers braune Holz, und wenn sie zitterte, so wars wie Silberglockenläuten in der Weite, aber rein und glühend war ihr Lied wie Sonnenspiel im Frühlicht überm Firngefilde.

Und als der Königssohn mit bangen Fingern erst und mutig dann und kecker stets den Bogen führte über seine braune Geige, horch: ein herrlich Klingen wars, und lieblich tanzte da von hellen Saiten der Gesang dahin im Takte überm dunkeln Wiesengrund der tiefen Klänge.

Und gleich der schönsten Tänzerin, die ihre jubelnden Gespielen in den bunten Reigen führet und in kunstverschlungnem Wandel ihren gertenschlankgeschmeidigen Körper durch die engen Gassen all der weißen Arme windet, also daß sie bald verschwindet hinter ihnen, leuchtend bald aus ihrem Kreise schreitet, um allein in freiem Schwung der fessellosen Glieder Anmut zu enthüllen, –

Also tauchte bald das innig milde Lied hinab in all der andern Töne wogenwilde Flut, sodaß sie jauchzend es umtollten, aber bald verstummte jeder Klang vor seiner einfachstolzen Weise, die da sang vom ewig Alten, ewig Jungen.

Und als es Abend ward und kühl, ergriff der Königssohn sein Schwert und hängte an das Band die Geige und verließ den dämmergrünen Wald, zu wandern nach dem volkbelebten Gau als unbekannter, heimatloser Spielmann.

Und es geschah, wo immer sich die Lustbarkeit im Tanze wiegte, sei es überm frühlingsgrünen Wiesenplan entlang den Haselhecken, seis auf offnem Markte nach dem Tagewerk am Sommerabend, –

Da trat herbei der Fiedler, grüßte lachend, warf die Locken ins Genick und strich die Saiten, daß die Lieder quollen und die Reigensänge schollen, keck und übermütig und begleitet von dem Schwall der vielgestimmten, wechselreichen Klänge.

Das Junggesinde aber kannte aus der Ferne seine Schritte, und von Freude glitt ein Sonnenstrahl durch alle Gassen, wo er immer wandelte, die Kinder aber küßten seine Hände und bekränzten ihm mit Blumen seine Locken und die braune Geige.

Und also war sein junges Leben selbst ein Sang von Frühlingsglück und Maienwonne. –

Es war an einem warmen Sommerabend, noch auf Tal und Bergen glühte des versunknen Tages Atemhauch und zaudernd wich das Licht dem kühlen Dämmerschatten, und das goldne Korn im Winde träumte bebend von der Reife und der Sichel, – Da tanzte unterm Bogentor der alten Stadt ein wildes Kind den Reigen, daß die schweren, roten Flechten aus dem Band sich lösten, wie ein Mantel niederglitten über ihre Schultern, und ihr Auge lachte Lust, und lockend spornte ihres Mundes Ruf des Fiedlers Eile.

Und als ermattet ihre Glieder ruhten von dem Tanze und sich an die abendkühlen Steine lehnten, da mit ihren weichen Armen spann das Mädchen um des Spielmanns Nacken eine heiße Fessel, und aus rotem Munde trank der Fiedler süße Flüsterworte. Aber lachend stieß es ihn aus seinen Armen und enteilte leichten Fußes, da der Morgen stieg vom Berg herunter.

Da riß mit schrillem Schrei die hellste von den Saiten, die er sehnsuchtvoll geknüpft beim Lied vom Vogel über seinem Haupte. –

Es war zur Herbsteszeit, auf wilden Rossen jagten Stürme über kahle, graue Felder, rissen höhnisch dem geschmückten Wald die feuerfarbnen Kränze von den Wipfeln, und auf regentrüben Steigen hinter ihnen, wenn es still geworden, wandelte die Einsamkeit und weinte, –

Da übermannte seines Herzens Weh den Spielmann, daß er müd und hoffnungslos sich niederlegte, und ein Siechtum packte seinen jungen Körper, schlug ihn mühelos in harte Banden.

Und viele Wochen rang er keuchend um den ewigen und tiefen Schlaf, und bald sich bäumend unter seinen Schmerzen, bald mit stillem Lächeln bietend seine Glieder dar den unbarmherzigen Rutenstreichen, harrte sehnend er der letzten Stunde, da er wandern möchte durch das dunkle Tal hinan zu seiner Heimat Sonnenglanz und Stille. Aber abgewandten Hauptes schritt der Tod vorbei an seinem Lager, und zu neuem Dasein mußt er heben seine Augen, die vor Sehnsucht brannten nach der Welt der Ruhe.

Da riß mit wehem Seufzen auch die andre von den Saiten, die er stolz geknüpft beim Anblick seines eignen Bildes in der dunkelblauen Quelle. –

Es war ein Wintertag, auf allem Lande prangte silberweiß und linnenblank der Schnee, ein königlich Gewand auf edlem Leib, und wie von Gold ein blitzendes Geschmeide wob die Sonne ihr Gefunkel in der tiefen Stille überm Tal und an den waldgegürteten und eisgekrönten Bergen, –

Da schritt der Spielmann durch die Gassen einer Stadt, und sieh: das Volk bedrängte ihn, zu weisen seine Kunst und seine Lieder zu erwecken, falls sie nicht gestorben seit dem Frühling seiner Jugend.

Und mächtig schlug der Fiedler seine Saiten, aber eines Klanges dröhnten sie und sangen hart und wuchtig von der Menschen törichtem Gebaren, von des Schicksals allgewaltiger Gebärde und des Lebens Fluche, der da lastet über jedem Wesen. Aber mürrisch heischte alles Volk nach Tanzesweisen und begehrte zu vernehmen seine eignen Spielgesellen, die aus Neideraugen schielten nach dem Fremdling. Doch der Fiedler, trotzend ihrem Hohn, – von neuem hub er an und sang des Menschen Nichtigkeit und seiner vielgestalten Ziele eiteln Trug, bis daß die Menge spottend und mit ihren Fäusten ihn hinaus zum Tore drängte. Aber sausend fuhr sein gutes Schwert in ihre grobe Ungeduld und schuf ihm eine zorngesegnete und giftgesäumte Gasse.

Da riß mit wildem Fluch die dritte von den Saiten, die mit frohem Glauben er geknüpft im festgewurzelten und stolzgestämmten Forste.

Und fürder wandelte der Spielmann einsam seine Straße, aber seine Lieder, die er lockte von der einen letzten Saite, waren tief und traurig, klangen dumpf und düster, wie des Lebens Atem stöhnt aus allem Dasein.

Und wo er wanderte, da wich vor seinem Gruß das junge Volk, und schreiend floh die Kinderschar vor seiner dunkeln Augen Trauerglanz, und murmelnd schüttelten die Greise ihre Häupter.

Und es geschah: von einer Königsjungfrau ward ihm Kunde, die mit Schwur und Eid gelobt, zu schenken ihres jungen Mundes Lachen diesem einen Manne nur, der ihr erzählen könnte von dem tiefsten Unglück, singen von dem schwersten Leiden.

Da machte Braga sich, der Spielmann, auf den Weg und zog dahin durch weite Länder, um zu singen vor der stolzen Jungfrau seine dunkeln Lieder.

Und eines Abends schritt er wandermüde durch das Tor der Stadt, darinnen jene Jungfrau hauste, weit gerühmt ob ihrer Schönheit und dem goldnen Klange ihres gar so seltnen Lachens.

Und alles Volk erwartete mit Ungeduld den neuen Tag, an dem die Sänger aus den fernen Landen sich versammeln wollten, um zu künden von dem tiefsten Unglück, um zu singen von dem schwersten Leiden, aber auch zu werben um das höchste Glück und um der Erde Wonne: dieser Jungfrau gnadenvolles Lachen.

Im hohen Saal des Königsschlosses scharten sich die Männer, bilderreichen Auges in die Ferne schauend und mit ihren Seelen lauschend nach den ungehörten Tönen, die da klingen alle Stunden durch die Stille zu dem Menschenherzen.

Der Spielmann aber fuhr mit leisem Finger über seiner Geige letzte Saite, um zu stimmen seines Herzens tiefste Lieder nach dem Klang, der ihm entgegenquoll aus aller Dinge Leben.

Und siehe da: aus weiter Türe trat die Königsjungfrau in die Halle, grüßend mit den stolzen Augen und die Worte sprechend:

»Willkommen alle, die ihr singen wollt von Herzeleid und tiefem Weh, euch zu erspielen den gelobten Preis und meines Mundes Lachen, warm von meinen Lippen.

Doch wisse jeder, wessen er sich unterfange, denn ein gar gewaltig Leiden muß es sein, vor dem mein Stolz sich beuge, um zu dienen dem geprüften Manne, der aus eignem Herzen solches kündet und in dessen Seele selber lebt das Weh, von dem er spielet.

Wohlan, so stimme seine Saiten, wer es wagt, zu singen von dem tiefsten Leiden.«

Und einer nach dem andern trat heran zum Thron der Königsjungfrau, schlug die Wimpern nieder und begann zu singen, bald von Liebesweh und treuer Herzen Sehnsucht, bald von Schlachtgetos und bitterm, jungem Tode, aber unbeweglich ruhten stets der Jungfrau Blicke auf dem Angesicht der Singenden, und ihre Lippen schwiegen, wenn die Lieder leis verhallten und die Augen aller stumm ihr Urteil flehten. Und schon zum Abend neigte sich der Tag, und durch die breiten Fenster flutete das müde Sonnenlicht und wob der Jungfrau um den Scheitel eine goldne Krone, –

Da trat als letzter aus den Reihen still der Spielmann, hob die braune Geige unters Kinn und ließ die Saite singen, zitternd erst und bange, aber horch: es wuchs das Lied und rauschte wie im Morgenwind der Hochwald überm Tale, weit und mächtig dehnte es die Schwingen und im Wechselschweben stürmt es an und wich, dem schaumgekrönten Meere gleich, das ewig brandet an den steilen Felsen, auf die Gischt zum Himmel wirft und wieder sie begräbt in grünen Tiefen, aber bald, wie Abendschatten durch die Täler schreiten, unerkannt und ungehörten Fußes, schlich ein leises Weinen durch den Sang des Saitenspiels und legte schwarze Schleier über alle Welt und rief der Nacht und rief der stillsten Stunde.

Und war ein einfach Lied von wenig Tönen, das die eine Saite sang, doch leis erhob die Jungfrau ihre weiße Hand und winkte, daß die Männer bleich und wortelos den Saal verließen, aber einzig stand vor ihren Sonnenaugen Braga.

Und langen Grußes tauschten ihre stolzen Seelen Wort und Widerrede, aber in der Ferne zitternd hallte noch das Lied vom tiefsten Leide.

Und als der letzte Sonnenstrahl mit warmem Hauch die braune Geige küßte, durch des Fensters Bogen dann in jäh verscheuchtem Lauf den lange schon entschwundenen Gefährten folgte, eilend über Wald und Bergeshang und strebend nach der Tiefe hinterm Gipfelkamm und ängstlich meidend Schlucht und Tal, wie wen da treibet späte Eile, –

Da öffnete die Jungfrau ihre Lippen, zauderte und fragte:

»Von wannen stammet deine Kunst, und welchem Meister, sage, saßest lernend du zu Füßen?«

Der Spielmann lächelte: »Wie mag ichs wehren, wenn mein Ohr vernimmt den Herzschlag des gequälten Lebens, also daß die letzte Saite meiner Geige singen muß vom tiefsten Leiden?

Doch siehe, heute reuet mich zum ersten Male, daß die hellen Saiten überm braunen Holz gerissen, daß allein die dunkle klagt, denn wahrlich – daß du lachen möchtest, wollt ich wieder auf zum frohen, füßeleichten Tanze spielen!

Weit öffnen unterm Jubel meiner Lieder sollten sich die Siegestore deiner Augen, aber längst gestorben sind die hellen Klänge meines Saitenspieles, nur das dunkle Lied noch fürstet meines Lebens Stunden mit dem Reife der Erkenntnis, der da hart und schwer auf einer Stirne lastet.«

Und als er dies gesprochen, neigte er sein Haupt und harrte ihres Grußes.

Die Königsjungfrau aber stieg herab von ihrem Thron und hob die Hände, lachte, daß von Silberklang ein Glockenreigen durch die Halle tanzte, zog aus ihren Locken drei gewellte Seidenhaare, spannte sie mit weichem Finger übers braune Holz der Geige, daß im Abendwinde sie erklangen, also rein und lieblich, wie der Spielmann nie vernommen eine Liederweise.

Und wie er staunend ob dem Wunder hob sein Haupt und sah der Jungfrau in die dunkeln Augen, da zerfiel um ihn die alte Welt, und eine neue baut er auf mit starken Händen in dem Lichte eines überreichen Glückes.

Und sprach zur Königsjungfrau diese einzigen Worte: »Verloren hatt ich alle Welt und mich und meine Liebe, aber schöner fand ich alles wieder in den Schätzekammern deiner Strahlenaugen.

Und darum, mein ich, ist es wohl bewahrt und aufgehoben dort, und will ichs ruhig lassen unter deiner milden Hände Obhut, aber häufig es besuchen und mich freuen an dem goldnen Schimmer, den darüber deine Sonnengüte streuet.

Und will auch manche Lieder singen auf der Geige, die du neu belebt mit deinen reinen Fingern, aber hüten meine Klänge vor den unberufnen Ohren, die da scheuen meiner dunkeln Saite tiefes Zittern und das Silberlachen höhnen, das von deinen Seidenhaaren hüpft und Reigen tanzet.«

Und leise schritt vorbei am breiten Fenstertor die laue Nacht, und aus den blauen Gründen stieg empor zum Himmelsrund, wie Opferrauch, das selige Geheimnis jungerwachten Frühlings.

DRITTE NACHT

Fern von Asgards festumbrausten Mauern
Wandert Balder durch die stillen Wälder.
Altersgrau und mächtig stehn die Stämme,
Eng verschlungen breiten sich die Zweige,
Und im fahlen Lichte hangen Flechten
Wie zerrissne Schleier modernd nieder.
Nirgends bricht ein Pfad sich durch des Mooses
Feucht Geschlinge, nirgends blühen Blumen,
Und es fällt verloren nur ein Tropfen
Sonnengold durchs dichte Dach der Wipfel,
Rollt herunter auf der rissigen Rinde
Und erlischt im dumpfen Dämmerdunkel.
Unterm Schritt des ruhelosen Wandrers
Knacken dürre Zweige, rascheln Blätter,
Bricht ein morscher, blitzgefällter Baumstamm,
Und es lauscht erstaunt die kühle Stille
Dem verirrten, zagen, müden Gange.

Nun an einem Felsen bleibt er stehen,
Legt die Hände an die grauen Steine,
Und es zittern seine starken Arme,
Und es flüstern seine jungen Lippen:
»Wer euch voneinander reißen könnte,
Kalte Felsen, um dem Lied zu lauschen,
Das in euren goldnen Adern tönet,
Das die Tiefe singt aus ihrem Dunkel!
Oder ist auch euer Sang verflochten
In das Klagelied des wunden Lebens,
Ist auch euer Trost nur bitter Stöhnen?«

Sieh: da klafft vor seinem Angesichte
Lautlos weit der Fels und weicht zur Seite,
Tut sich auf zu schmalem Bogengange,
Abwärts führend in des Berges Dunkel.
Jähen Staunens eine Weile starret
Balder in die schattenschwarze Wölbung,

Dann mit starken Schritten eilt er vorwärts.
Hinter ihm erlischt des alten Forstes
Dämmerlicht, und mit den Händen tastend
Greift er kalte Mauern, aber ferne
Zittert blaß ein Strahl des hellen Tages
Und bei jedem Schritte wird er stärker,
Flimmert auf im krausen Goldgefunkel,
Gleitet blitzend längs den Silberadern,
Die wie fremde Blumen niedergleißen;
Und die Augen voll des neuen Lichtes
Schreitet Balder durch die stummen Schatten,
Und es weitet sich der Gang zur Halle,
Hoch und licht, von Säulen stolz getragen,
Aber durch ein breites Bogenfenster
Flutet Sonnenlicht herein und schweifet
Weit das Auge über Wald und Hügel
Nieder zu der alten Menschenerde,
Nieder auf das rätselreiche Leben.

Balder hebt die Hand zur heißen Stirne:
»Kreisen alle Pfade nur gebunden
Um dasselbe Ziel, und sterben alle
Fragen vor dem stummen Blick der einen?«

Näher zu dem breiten Bogenfenster
Will er treten, doch sein Blick erstaunet
Und die Schritte zaudern –. Dort im Schatten
Dreier Säulen sitzen grau und winzig
Drei gebeugte Frauen an der Arbeit;
Ihre Haare haben längst verloren
Glanz und Farbe, und ihr Leib ist schwächlich,
Aber emsig wirken ihre Hände,
Und von ihren Lippen leis und greinend
Zirpt ein öder Sang wie Regenrauschen:
»Eilet, Schwestern! Laß die Spindel surren,
Laß das schmale Weberschifflein schwirren,
Laß die Schere schnappen, laßt uns eilen!
Menschenkinder warten ungeduldig,
Menschenseelen wollen ihr Gewändlein,

Menschenleben harren auf ihr Schicksal.
Hurtig, Schwestern, hurtig! Unser Bruder
Hat es eilig auf der alten Erde,
Bauet jedem sein bescheiden Schlößlein,
Sechs Fuß lang und sechs Fuß in die Tiefe.
Darum rasch und flink und immer schneller!«
Und die erste läßt die Spindel surren,
Zieht mit dürrem Finger feinen Faden,
Taucht ihn in das warme Licht der Sonne,
Schwingt ihn durch den Schatten, schlägt ihn dreimal
An den Fels und läßt ihn niedergleiten
In den Staub der Halle, wies ihr einfällt,
Und so wird er bunt von allen Farben,
Eine Weile weiß und rein und leuchtend,
Eine andre dunkel, wieder eine
Gülden, oder grau und fahl und schmutzig.
Und die zweite läßt das Schifflein schwirren,
Und die Fäden werden zu Geweben,
Und die Farben sprudeln aus dem Webstuhl
Wie die Sonne überm Wassersturze,
Und die dritte läßt die Schere schnappen
Gleiche Bissen aus dem langen Tuche,
Und sie reicht mit ihren Knochenhänden
Ein Gewändlein um das andre von sich:
Graue Knechtsgewänder, Königsmäntel,
Rotes Kriegerhemd und goldgesäumten
Siegerprunk und bunte Narrenkutten,
Die in allen Farben traurig grinsen.
Und sie wirft die Kleider, eins ums andre,
Durch das Fenster, ohne aufzuschauen,
Aber draußen recken schwache Händlein
Sich empor und greifen nach der Gabe,
Immer neue, eines drängt das andre,
Und sie schreiten langen Zugs vorüber,
Schreiten nieder nach dem Erdenlande
Durch das Tor des rätselvollen Lebens:
Krieger, König, Narr und Knecht und Sieger.

Da – ein wunder Schrei von Balders Lippen:
»Welcher Meister bot euch diese Arbeit?
Welcher Wille zwang in solchen Dienst euch?
Nennt ihn mir, auf daß ich vor ihn trete,
Antwort heische für sein grausam Walten!«

Aber matt verklingt sein Schrei und leiser
Als das Surren ihrer stillen Arbeit
Und das Singen ihres müden Mundes,
Und sie wirken, ohne sein zu achten,
Emsig weiter mit gebeugtem Nacken;
Eine nur, verstohlen, hebt das Antlitz
Gegen ihn und legt den Finger spottend
Auf die grinsenden, verzerrten Lippen.
Und ihn greift Entsetzen und er fliehet
Taumelnd in den finstern Gang und weichet,
Und im Dunkel noch umsaust ihn höhnend
Der gedämpfte Sang der welken Lippen:
»Eilet, Schwestern, reget flink die Hände!
Unser starker Bruder soll nicht siegen:
Baut er tausend Schlößlein in der Stunde,
Weben tausend wir und ein Gewändlein
Für die nackten, armen Menschenseelen!
Surre, Spindel, spute dich, du Schnelle!« –

Abends in der fackelhellen Halle
Unter Asgards jubelfrohem Volke
Schweigend sitzt und fern dem Jubel Balder.
Aber Loki tritt zum Freund und lachend
Legt er ihm die Rechte auf den Scheitel:
»Wahrlich, Rauhreif ist auf dich gefallen!
Frühe bleichen Balders goldne Locken!«
Und er zieht ihm mit gespreizten Fingern
Grau Gewölle aus den blonden Haaren.
»Oder hast du dich im Wald zum Träumen
Hingelegt und wollt ein Vogel bauen
Sich ein warmes Nest in deinem Schopfe?«

»Ist ein böser, schwerer Traum gewesen,
Den ich schaute, denn aus solchen Flocken,

Die du leicht auf deinen Fingern schaukelst,
Wird des Menschen Schicksalskleid gewoben,
Wird der Seele Totenhemd gewirket.
Diesen Traum hab ich erlebt im Walde.«

Da erlischt auf Lokis Mund das Lächeln,
Und er schließt behutsam seine Finger
Um die graue Flocke, die wie Frühschnee
Schon gebleicht des Freundes jungen Scheitel,
Und er trägt sie still mit sich von dannen.

Aber mit gesenktem Haupte lauschet
Balder und wie ferneher dem Sange,
Welchen Mimirs weise Lippen singen.

SAGA MIT DEN SEGENREICHEN HÄNDEN

Es herrschte einst auf Asgards Burg ein König, reich an Jahren, dem der Würden Last und der Erfahrung Bürden nicht gebeugt die breiten Schultern, nicht gekrümmt den stolzen Nacken, also daß aus weltenweisen Augen in des Lebens Spiel er blickte und der Boten jeden, die das Schicksal ihm beschied, vor seinem Willen knieen machte, um ihn dankbar dann in seiner Hut zu hegen und nach Herrschersitte großgemutet zu bewirten und zu pflegen.

Und seinem Namen dienten weite Lande, und in seinen festen Schlössern lagen reiche Schätze, und der Mannen wohlgewappnet Heer verharrte ungeduldig, bis sein königlicher Ruf es sende, auf den blanken Schwertern seinen Ruhm dem Feinde aufzuzwingen.

Doch alle diese Macht – für nichtig hielt er sie und bloßen Tand, wenn täglich bei der Sonne ersten Strahlen seine Tochter ihm den Morgengruß entbot, und all sein Glück und Reichtum lag in diesem einen Wunsche: Küsse deinen alten Vater, meine stolze Tochter!

Wie Sonnenlicht im blauen Morgen über taubeperlten Gräsern, also schritt die Jungfrau durch das Land, und war ihr Wiegegang unendlich reicher denn ein vielgestimmter Sang in dämmerstillen Hallen, waren ihre Hände segnender als warmer Sommerregen über dürstendem Gefild, und wo ihr Fuß gewandelt, küßte Dankbarkeit mit heißem Mund die Spuren.

Und es begab sich, daß der alte König zu sich rief die Edeln seines Reiches, Treue schwören ließ der Königsjungfrau, seiner Tochter Saga, dann in seines menschenfernen Schlosses höchstem Turme legte nieder er den müden Heldenkörper, segnete sein schönes Leben und empfing mit Lächeln auf den Lippen seinen letzten stillen Gast des Schicksals.

Es hatte aber Saga kaum, die Königstochter, ihres Vaters Asche in die Winde ausgesät, da hoben an die Edeln rings im Reich und stritten, wer des alten Königs Macht ererben und den Thron besteigen solle. Keiner dünkte sich zu wenig, auszurecken seine Hände nach dem Purpur und dem schweren Schwerte, und ihr Dünkel wog im Ueberflusse auf, was ihnen vorenthalten das Geschick an hohem Sinn und Ehrfurcht.

Sie warben alle frech um Sagas Minne, gierig, aus den schönsten Händen zu empfangen Thron und Herrschertum, und weil die Jungfrau schwieg und da sie schließen ließ der Burg gewaltige Tore, ward ein Groll im Lande, das nach einem Starken rief nach armer Knechte Weise.

Die Königstochter aber, in den stillen Stunden ihrer Trauer, schuf mit seelenvollen Händen manches herrlich schöne Werk aus Gold und Elfenbein und Silber, das da lag in festen Türmen rings im Lande. Und ihr wund Gemüt gesundete ob diesem Tun und fand darin den alten Stolz und altes Sehnen wieder – Sehnen nach der Ewigkeit mit ihren tausend hohen Toren, wo die Wächter stehn und unerbittlich jeden Eingang wehren, der da will erstohlen sein und nicht erstritten und errungen und bezahlt mit rotem Herzblut.

Der Schätzehüter aber war ein weiser Mann und hoch in Ehren bei den Edeln rings im Reiche, denn er hatte nie dem alten König widersprochen, nie ihm einen schlechten Rat gegeben oder guten, sondern lediglich genickt und nachgegrübelt Tag und Nacht, wie er ob seinem treuen Herrendienst des eignen Nutzens nicht vergäße, und geriet ihm darum alles, was er unternommen, wohl und machte ihn geachtet und gerecht vor seinem Herrn und sich und allen Menschen.

In einer dunkeln Nacht, da kam Erleuchtung über ihn und hieß nach Wägen und nach Wenden ihn zur Morgenfrühe mit den Edeln allen vor die Königstochter treten und die weisen Worte sprechen:

»Heil, hohe Tochter unsres Herrn und Königs! Siehe, nach dem Herrscher seufzen deine Lande, der sie führe und mit klugem Spruch ihr Bestes wolle, Frieden schenkend oder Krieg begehrend. Aber sei es, daß es deinem Stolz mißfallen oder deinem guten Herzen allzu schwer gewesen, aus den Besten eine Wahl zu treffen, – abgewiesen hast du unsre Freier und verbringst in eitelm Tun die langen Tage, die uns sorgenvoll erstehen, und das Fehlen jedes Zwecks und Nutzens spricht dem Handwerk, das du dir erlesen, spricht der übermäßigen Verschwendung unsrer Schätze ein gar hartes Urteil. Drum, gemäß dem Worte, das dein Vater als ein letztes meinen treuen Ohren anvertraute, mögest du entlassen Trauer, Trotz und Trübsal, mögest ziehn in königlichem Zuge, wie es deiner würdig, nach den Pfalzen unsrer Nachbarn, zu erküren dir den

Herrn und den Gemahl, an dessen Hof zu weilen und zu teilen seines Landes Ruhm und Sorgen. Wir indessen, nach des Volkes Meinung, werden einen neuen König krönen aus der Mitte unsrer Edeln.«

Nachdem der weise Kanzler so gesprochen, neigte er in Demut seinen Nacken, doch im Kreise rings erhob sich ein Geflüster, und die jungen Krieger nickten, froh entschlossen, nach dem neuen Ziel der Königswürde kühn den Wurf zu wagen.

Die Königstochter aber hob die Hand und hieß sie alle scheiden aus dem Kreise ihres Angesichtes.

Und als sie nun allein verblieb, und keine Zeugen lauerten mit Schadenfreude ihres Herzens tiefem Schmerze auf, da schlug die Jungfrau schluchzend ihre weißen Hände vor die Augen, und im Weh erbebte ihr der junge Körper wie im Herbstwind bebt die schlanke Birke, die allein auf sturmzerstampfter Heide ihre Zweige nach des Himmels Wolken hebt, und lange Stunden blieb sie also, betend zu des Vaters hehrem Angedenken und im Geiste segnend ihrer Heimat schöne Lande, die sie nimmermehr betreten sollte, dann erhob sie sich und schritt hinaus und ließ der Menschen keinen ahnen, was ihr junges Herz seit dieser Stunde litt, und barg vor aller Welt ihr wundes, tiefstes Fühlen, harrend, bis es einer heile, der des Heilens würdig wäre.

Dem weisen Schätzehüter aber bot sie diese Antwort: »Auf! und rüste mir ein königlich Geleite nach der Ferne, denn mein Sinn gelüstet, zu erkunden, wem ich Gnade schenken will und wer sich rühmen kann, den Stolz des Herzens mir zu wandeln.«

Der Kanzler, da er diese Rede hörte, jubelte in sich und ging und rüstete ein königlich Geleite, selbst sich setzend an die Spitze des gewaltigen Gefolges, doch sein Sohn in still geheimer Stunde schliff das Reckenschwert der Ahnen und gedachte, nur als König seines Vaters Heimkehr würdig zu begrüßen.

Und eines Morgens wälzte sich der lange Zug, gleich einer glanzbeschuppten Schlange, aus dem Tor der Stadt, und wo das Königskind auf weißem Pferde still vorüberritt, da neigten tief sich alle Häupter, und wie fröhlich die Fanfaren jauchzten durch die morgenklare Luft, – verstummen mußten sie vor all dem tausendfältigen Gebete, das aus niedrigen und armen Herzen stieg und ihrem Pfad zur Seite wandelte als treuer Gruß und Segen. Aber höhnisch von den Burgen blickten die Gewaltigen im Reich hernieder auf den farbenstolzen Trauerzug und lüsterten mit gieren Augen einzig nach dem Trone.

Jedoch der weise Kanzler, listiger denn alle, dachte, im geheimen sie um Gold und Silber zu betrügen, also daß sie darben müßten unter ihrer Königswürde oder hart bedrücken ihres Volkes Schultern, bis der Unmut sich empöre und mit Wildbachwucht zur Seite schleudere die nimmersatten, übermütigen und neuen Herren und den Schätzehüter wieder heimwärts rufe.

Und also zog die stolze Saga tränenschweren Herzens in der Schar der wohlgemuten Recken und der leichtgesinnten Mägde fort aus ihres Landes Marken, selber schmucklos und gering, wie eine blasse Perle in geschmacklos prunkgehäuftem Goldgeschmeide.

Der Schätzehüter aber sandte Boten hin an diese Pfalz und jene Königsburg im fremden Land und kaufte sich und seinem Plan mit Gaben und mit schönen Reden herzlichen Willkomm und ehrenvolle Gastung, doch wie klug er baute und wie fein er spitzte, – nieder barst ihm jeder Bau und gänzlich brach ihm jede Spitze, denn die Königsjungfrau, fern in ihrer wunden Scham und unnahbar wie eine Sonne, bot Verachtung nur und wortelosen Hohn den beutegieren Händen, die nach ihrer jungen Schönheit greifen wollten in verwirrtem Taumel, also daß der Abschied kühler war als der Empfang und mancher edle Held der Stunde fluchte, da der fremde Kanzler ihm entzündet seines Herzens lodernde Begierde.

Es hatte aber einen Eid geschworen die verbannte Königstochter, diesem nur zu schenken ihres Leibes Reichtum und der Seele Gnade, den sie würdig fände, stark und groß von Herzen und nach weitgestecktem Ziel allein der besten Kräfte Bogen spannend.

Und es geschah, ob seiner Herrin Tun vergaß der Diener seines Standes, also daß der Schätzehüter kecken Uebermutes seine eigene Person erwählte zu des jahrelangen Werbezuges Zweck und endlicher Bestimmung und verpraßte mit den Herren aus dem Knechteadel seine Zeit, dieweil geduldig und sich härmend seine Herrin harrte, bis es ihm gefiel, zu wechseln Gastfreundschaft und Wirtlichkeit und einen Hof sich weiter zu begeben.

Und also zog der Knecht in Prunk und Pracht von Land zu Land, und einsam, ungeehrt und kaum gekannt von den Gewaltigen auf Erden folgte seine Herrin, die verbannte Königstochter, deren Pfade treu begleiteten die drei Gefährten ihrer stillsten Stunden: ihrer Hände bildnerische Träume und ihr hochgemuter Stolz und ihre Sehnsucht nach dem Einen, Starken, der sie lösend aus der Schmach dem Leben wieder schenke.

Und manchmal, selten zwar und in geweihter Stunde nur, geschah es, daß ein Trüpplein wandernder Gesellen oder einsam schweifende und traumgequälte Taugenichtse diesem Zuge in die Quere liefen und vom Kanzler böse Schelte und mit Hohn gewürzte Rede zum Willkomm und Wanderspruch erhielten, von der Jungfrau aber einen stillen Gruß aus ihren sonnenreichen Augen, und ob dieser Gottesgabe jubelte ihr Herz und sang ihr Mund in lichten Weisen, immerfort in alle Zeit zu segnen dieser Augen Strahl, zu preisen diese hellste ihrer armen, ruhelosen Stunden und zu künden von dem Reichtum, der ihr Bettelsein vergoldete mit bilderreichen, klängestolzen, ungebornen Träumen. Also ging die Kunde weit herum von dieser Jungfrau unter denen, welche fern vom Markte hausen und die heimatlos den Pilgerpfad nach Ewigkeiten wandern.

An einem Sommerabend wand auf heißer Straße sich im Staub der Zug hinan zu einer hochgetürmten Burg und heischte Einlaß nach des Gastrechts alter Sitte.

Und es empfing der junge König dieses Landes, auf sein Schwert gestützt, im hohen Männersaal den Kanzler, zu erforschen ihn, denn mit der Kunde von des Zuges Nahen war ihm auch gemeldet worden ein Geheimnis, das ihn tief erregt und das er zu entschleiern bei sich selbst beschlossen hatte.

Nachdem der Kanzler wortgelenk und sprachgeschmeidig ihm den heuchlerischen Gruß geboten, tat der junge König einzig diese Frage:

»Und nun, wohin gedenkst du diesen Abend weiter deiner prunkgeschirrten Rosse Schritt zu lenken?«

Da stieg des Blutes Röte in die Stirn dem Kanzler, und geschlagen fühlte er von einer harten Faust sein selbstbewußtes Wesen.

Er zwang jedoch nach weiser Menschen Art zu einem Lächeln seine Züge, beugte seinen Nacken und begann, nachdem zur Sammlung er berufen die geschmeidigsten Gedanken:

»Nicht jeder hergelaufene und wegemüde Wandrer, seh ich, findet Unterkunft im Kreise deiner königlichen Gnade, sondern wer erwählt von dir, o Herr, nach ernster Prüfung, der allein genießet Gastrecht hier und Ehre deines Umgangs.

Wohlan, und dennoch wag ich es und hoffe, mir zu öffnen deiner Achtung Tore mit dem Spruch: der weitbekannte Kanzler und der allgenannte Schätzehüter bin ich, dessen Name mancher Königshof dir nennt mit fröhlichem Erinnern an dahingeschwundene und glücklich ungebundene und schöne Stunden.«

Und neigte nochmals sich und öffnete die Arme, sie zu schlingen um des jungen Königs Brust zum Brudergruße.

Doch jener harrte lächelnd, auf sein Schwert gestützt, und maß den Kanzler mit erheitertem Gesichte, dann begann er und erwiderte die Rede: »Du Allgenannter, Weitbekannter, dessen Name manche Königsburg mit fröhlichem Erinnern nennt, vor jeder andern Kunde magst du wissen, daß mein Schloß mir liege außerhalb der Welt und ihrer Weisheit, also daß du nicht in Zukunft zürnest, wenn dein hoher Name noch bis heute nicht gedrungen hinter diese festen Mauern.

Des weitern kenne meines Schlosses Brauch, daß nicht von ungefähr der Gast mir nahet, sondern hergerufen durch mein Wort und meinen Wunsch und falls er nicht verschmähet meine Nähe.

Und nun vernimm, was mir geraten meine Seele, der ich einzig lausche und gehorche: eine Nacht und keine Stunde mehr gewähr ich dir und deinem Troßgesinde oder wer es immer sei, der dich geleitet, mir zu weisen deinen Wert in einer Tat – ich kenne keinen andern Ruhm auf Erden –, doch mißfällt dein Werk dem Urteil meiner Seele, so entbiet ich dir und deiner Sippe Hohn zum Abschied, und dein Name soll in Zukunft nur als böser Scherz durch diese Hallen klingen, andernfalles aber seid willkommen mir als meine hochgeehrten, werten Gäste.«

Und neigte seine Stirn und schloß die Wimpern, bis der andere entschwunden dem Bereiche seiner Augen. Darauf nach seines hohen Turmes stillstem Söller schritt der König und erhob im Abendgolde seine Stimme zum Gebete also:

»Geschick, du starkes und verborgnes Walten über unserm schwachen Leben, wollest mich vollenden lassen, was du gütig angehoben, und mir krönen mit der Krone des Gelingens meine stolze Hoffnung, die da zielet, zu erlösen einer ganzen Welt den Segen.«

Der Kanzler aber, aufgeregten Wesens und verletzt in seiner Würde tiefstem Grunde, mühte bitter sich und sammelte vor sein Gericht an Geistesgaben alles, was in ihm verborgen oder öffentlich gedieh, zu wählen eine aus der Fülle und in ihrem Feuer neu zu münzen seines Namens anerkannte, alte Währung, die der junge König einzig unter allen Menschen wagte zu bezweifeln, zu beweisen heischte.

Und bald den Kopf gestützt in seine beiden Hände, bald im nächtlichen Gemache auf und nieder schreitend, wollt er zwingen seinen Geist, zu künden in der Melodie der Rede eine weise Fabel, die den König lehren möchte, wegzuwerfen seinen Stolz und dankbar zu genießen seines Gastes Nähe.

Doch sieh: ein seltsam Spiel in dieser Stunde mußt er schauen und verwunderte von Herzen sich darüber.

Es haschten nach der Worte schmuckem Kleide die Gedanken, wie die Kinder nach dem farbenreichen Falter greifen, der sich schwebend schwingt vom Blütenkelch zur Blumenkrone, aber immer, wenn sie nach der lichtumtanzten Pracht die magern Händchen recken, flattert leicht empor der Sommersonnenvogel und entgleitet neckisch ihrem plumpen Fange.

Es glotzten aber auch der Wortgebilde lebenlose Hüllen, die da harrten auf des Sinnes Seele und der Deutung warmen Odem, gleich den starren, toten Masken, die im Dämmerraume auf den Meister warten, der sie wecken soll zu überirdischem Erlebnis, wenn aus ihren Augenhöhlen seine Blicke flammen und aus ihrem Munde dröhnen die erschütternd schweren Worte von des Schicksals herrisch hartem Walten.

Und als der Schätzehüter stundenlang ergötzt die eigne Zuversicht an diesem Spiele, wie sich wechselweise jagten und einander flohen die Gedanken und die Worte, ohne je zu finden den geweihten Kreis der lebensstarken Einheit, – da verzweifelte sein Herz, und er verzagte ganz und badete in Schmach und Scham sein treulos armes Selbstvertrauen.

Es war zur Stunde, da der alte Tag den jungen ruft im Hof des Himmels, um sich müde dann zu legen auf die steinern harte Bank am Brunnen gleich dem Pilger, der erschöpft darnieder sinkt an heiliger Stätte, wünschend, nimmer zu erheben den gemeinen Leib, nachdem getrunken seine Seele aus der reinsten Quelle, –

Zur stillen Mitternacht begab vor ihren Kanzler sich die Königsjungfrau Saga, herrisch forschend nach dem Grunde ihrer sonderbaren Gastung und dem Kummer, der des Schätzehüters Stirn umwölkte.

Und alles kündete mit trostverlassner Stimme ihr der Kanzler, wie der junge König harte Worte ihm geschenkt und ihn geheißen, zu beweisen der Gesandtschaft Wert in offenbarer Tat und Wahrheit, aber wie Verzweiflung ihn erfasse, da er gar verraten fühle seinen Geist von jeglichem Gelingen.

Und siehe: höher hob bei jedem Wort des armen Kanzlers sich die lichte Stirn der Jungfrau, und zur stolzen Rede wölbten sich die Lippen:

»Gepriesen sei die Stunde, denn es naht der Tag, da will ich weisen meinen Wert und schaffen eine Tat, die voll genüge auch dem höchsten Maße.«

Und schritt zurück in ihr Gemach und schuf aus edelm Gold ein Werk, das ließ sie sprechen von dem Stolz der einsam reichen Seele, singen von dem Sehnen langer Jahre, jubeln von dem Hoffen lichter Träume und in Siegesweisen jauchzen von dem unaussprechlichen und lichtgebornen, sturmgewaltigen und meerestiefen, allumfassenden und schicksalsreifen Glücke.

Und trug das Werk dem Kanzler hin und sprach: »Wohlan, dem König sollst du weisen meiner Hände Tat und harren seines Dankes.«

Doch zweifelnd wog der Schätzehüter das Gebilde und betastete mit kalten Blicken auf und ab das Kleinod und beleuchtet es mit seinem Kerzenlichte sorgenvoll von allen Seiten.

Und hob es seufzend dann und trug es zage durch des Schlosses Hof zum Königssaale.

Doch siehe, als er bangen Herzens wandelte im grauen Morgen über den verschlafnen Hof und durch die stillen Hallen, da entflohen abgewandten Angesichtes alle Dämmerschatten vor des Kleinods Blinken, suchten Unterschlupf in Nischen und in Mauerfalten, schwanden in die Täler hinterm Berge und verkrochen ihren Neid im tiefen Tannenforste, aber siegesprächtig stieg die Sonne auf den höchsten Wall der lichtbezwungnen Wolkenfeste, sandte grüßend ihre Boten zu dem Strahlenwunder und umwarb es huldigend mit ihrem ersten, warmen Kusse.

Der Schätzehüter aber wies dem König seine Gabe, wortestill und ohne Hoffnung.

Und ruhig blieb es eine kurze Weile in dem hohen Männersaal, und nur des Kleinods Klingen silberfein erzitterte, wie Geigenton in Domeshallen leise schwebet, und des Königs Seele ward ergriffen.

Und alle Herrlichkeit der Welt und alles Daseins Wonne schien beschlossen ihm in dieses Kleinods edeln Formen, die sein Auge trank und sein Gemüt ohn Unterlaß bestaunte.

Und betend neigte er sein Haupt zu Dank und Segen.

Der Kanzler aber dachte weise auszunützen diese feierliche Stille und begann in plumper Rede also:

»Was saget nun der König und wie schätzt er seiner Gäste Wert zur Stunde?«

Und wieder blieb es still, und leise glitt der goldne Sonnenschein entlang dem Purpurvorhang an der Säulenhalle.

Da hob der König langsam seine Augen von dem Kleinod und begann und sprach zum Schätzehüter diese Frage:

»Wer ist des Werkes Schöpfer, daß ich ewig seinen Händen danken kann und rühmen seinen Namen?«

Und frech erhob der Knecht sein Angesicht und gab die Frage ihm zurück:»Wohlan, so willst du nie vergessen in der Zukunft meines Wertes?«

Doch tiefen Zornes voll und heftig hub von neuem an der König diese Worte:

»Ich heiße dich, du sollst mir nennen dieses Werkes Meister, daß ich beugen mag mein Knie und ihm gestehen: größer bist du als mein Hoffen ahnte.«

Und wieder trotzte keck der Kanzler seinem Frageblick und lächelte, – da grollte auf der königliche Unmut, und wie Sturm erfüllte nun sein Wort die morgenstillen Hallen:

»Und jetzt, ein letztesmal so schenk ich dir die Frage: wer erschuf mit Geist und Händen dieses Kleinod? Künde mir die Wahrheit, denn es kennet keine Gnade mein beleidigt Schwert, wenn es gerichtet hat, und lauschet keiner späten Reue.«

Da zuckte mit den Wimpern rasch der Kanzler stampfte auf den Fliesenboden und gestand mit zornerstickter Stimme:

»So wisse, armer König, wem du deine Wonne dankest: einem landsverbannten Weibe, einer schwachen, gramgequälten, unbekannten Jungfrau!«

Der König aber faßte hart des Kanzlers Arm:»So will ich ihren Namen weit in alle Lande tragen, also daß die Erde dankend unter ihrem Segen von dem vielen Leid genese!«

Und schritt hinüber nach dem Turme, wo die fremde Jungfrau hauste, trat mit hocherhobnem Haupte vor ihr Angesicht und suchte ihre Augen.

Und es geschah, ob diesem einen Blick versank der Beiden Sonderschicksal willenlos im Flammenmeer des tiefsten Glückes, und heraufgestiegen war die heilige Stunde, die da baut mit einem weiten Wurf das hohe Brückenjoch von Ewigkeit zu kurzem Menschenleben. –

Der König aber zog mit Heeresmacht zu unterwerfen der verbannten Jungfrau Heimatlande, brach der übermütigen Knechte Trotz und beugte ihren neuen Herrn, des Schätzehüters Sohn, mit harter Faust und blankem Siegesschwerte, und das Volk empfing mit Tränen und mit Jubel seines alten Königs junge Tochter in den Gauen der befreiten Heimat.

Und er gewährte, gnadevoll in seinem Glücke, daß der Schätze-hüter als der Knechte erster an dem hohen Tage demutvollen Sinnes trage vor der jungen, morgenschönen Königin das edle, segenreiche Kleinod.

VIERTE NACHT

OWie sie lodern in den stillen Abend,
Wie sie steil hinan zum Himmel steigen,
Die entfachten, stolzen Feuerbrände
Auf den sieben Hügeln rings um Asgard!
Starke Jünglingsarme schleppen Stämme
Aus den Wäldern auf die nackten Felsen,
Bauen sie zu Türmen auf die Gluten,
Und die Flamme klettert prasselnd aufwärts
Ins Geäst und leckt mit roten Zungen
In die letzten, buschig dichten Zweige,
Dann mit jähem Schwunge wirft sie jauchzend
Sich empor auf goldbesäten Schwingen
In die dunkelblaue Nacht und sprühet
Von den Flügeln einen Strahlenregen
Nieder in die scheu geduckten Schatten.

Und die Mädchen mit den lichten Haaren
Und die jungen Männer ziehen singend
Durch die Nacht und schlingen ihre Arme
Ineinander zu geschmeidiger Kette,
Und sie tanzen um die hohe Flamme
Und sie springen durch die Flackerlohe,
Und es glühen ihre schlanken Leiber
Wie von eignem Feuer grell umzüngelt,
Und sie singen sich den Wechselreigen:

»Frühlingsflamme, brause auf zum Himmel!
Wir sind jung, und rot wie deine Schreie
Rauschen unsres Blutes heiße Lieder
In die Frühlingsnacht hinaus, die weite,
Die uns Antwort jubelt, innig leise. –
Springe, Mädchen, tanze durch die Lohe!
Wie die Flammen deinen Leib ergreifen
Und ihn gierig an sich reißen wollen,
Also werden meine starken Arme
Dich umfangend deine Glieder beugen,

Eh die Frühlingsnacht dem Tage weichet! –
Springe, Jüngling, tanze durch die Lohe!
Wie die Flammen über dir verschmelzen
Und dich in der roten Flut begraben,
Also wird die Liebe dich umbranden
Und zu mir dir deine Sinne beugen,
Eh die Frühlingsnacht dem Tage rufet! –
Brause auf zum Himmel, steile Flamme,
Brause auf mit unsrer Jugend Liedern!
Unser ist der Frühling, der die Welten
Neuem Lichte reift und jungem Leben!«

Also singen sie, und lauschend stehen
Weit im Kreis die Helden und die Alten
Und sie denken jener fernen Tage,
Wo sie selber jugendstarken Sprunges
Ihren Leib im Feuermeer gebadet,
Aber jetzt ist Reif auf sie gefallen
Und ihr Körper ist wie Stein geworden,
Dran sich manches harte Schwert zerschlagen
Und an den der Wünsche Wogen rollen
Leisen Rauschens nur und um zu sterben.

Lässig lagert nach dem wilden Tanze
Sich das Reigenvolk auf weichem Rasen,
Und die Becher mit dem kühlen Weine
Kreisen rascher in der lauten Runde,
Und die Alten mit gedämpftem Lachen
Heben frohe Mären an zu künden
Aus der eignen Jugend und sie schelten,
Wie ein jeder Frühling blasser werde,
Kürzer jeder Tanz, die Flamme matter.

»Sing uns, Mimir, von der Asen Liebe,
Wie in alten Zeiten Helden freiten
Oder Königstöchter hohen Sinnes
Leisen Wunsch und starken Willen einten
Und sich selber ihren Renner zäumten,
Um in dunkler Nacht dem trägen Schicksal
Eines Glückes Spanne vorzueilen.

Laß uns hören, Mimir, daß auch Lachen
In den weiten Hallen Asgards wohnte,
Lust ihr lieber Gast seit je gewesen!
Nicht in Trauer haben unsre Mütter
Ihre Söhne in die Welt getragen,
Nicht mit Tränen haben sie den Sprößling
Auf den Armen in das Licht gehoben!«
Mimirs Augen blicken weit und sinnen,
Und der Flammenschein erweckt ein Lächeln
Auf dem leidgefurchten Angesichte.

»Wie die Asen ihre Bräute raubten,
Brauch ich nicht dem jungen Volk zu künden,
Nicht zu lehren, wie die heiße Liebe
Leib und Willen strafft nach höchstem Ziele;
Dieses lehret sie ein größrer Meister,
Solches singt ihr eigen Blut viel reiner
Mit den alten Sängen des Geschlechtes,
Welche stumm in jedem Erben liegen,
Bis der Tag erstanden ist, an dem sie
Plötzlich leis erwachen und erklingen
In den Weisen, wie sie je erklangen,
Seit ein Mann das erste Weib erschaute.
Aber singen will ich euch von einer
Liebe, der auch Asenstärke weichen
Und den stillen Zoll bezahlen mußte.
Keine Gabe schenkt aus beiden Händen
Je das karge Leben einem Großen;
Was die eine bietet, raubt die andre,
Und was Väter stolz und froh geerntet,
Opfern Söhne aus dem eignen Blute.
Liebe hat in Asgard hell gejubelt
Und geblüht in tausend lichten Farben,
Liebe hat in Asgard eine Blume
Leis gebrochen, eh sie voll entfaltet
Ihren Kelch und wußte, daß sie lebte.«

SIGUNE UND IHR MOHR

In König Oernulfs Tagen, als nach beutereichen, sieggeschmückten Kriegen wieder Frieden blühte und auf allen Landen, die dem König untertan, der Segen lag wie Frühlingssonne nach den Winterstürmen, –

Da kränzten weite Gärten Asgards rote Mauern, dehnten tiefe Wälder ihre Stille zwischen dem gewaltigen Schloß und den belebten, lauten Gauen des gemeinen Volkes, brannten fremde, wundersame Blumen in der warmen Sonne, aber in der Burg erblühte, lieblicher und wunderbarer, König Oernulfs einzige Tochter, jung an Jahren, silberhellen Lachens, noch ein Kind, – Sigune.

Und eines Abends, – zechend saß der alte König und um ihn die Edeln und die Mächtigen, erzählten von den kühnen Beutezügen ihrer Jugendzeit und wie sie mit dem Schwert sich unterworfen jenes Volk der dunkeln, riesenhaften Männer in der dürren, glutenheißen Wüste, welche willig nun auf schnellen Ruderschiffen ihres Sonnenlandes Schätze, Gold und Edelsteine, zu den Siegern führten, ihnen dienten mit der Stärke ihrer Arme und auf breiten Knechteschultern trugen alle Last und Mühsal ihrer sorgenfreien Herren, –

Da trat Sigune durch der Männer Kreis vor ihren Vater, legte leise ihre schmale Kinderhand auf seinen Arm und sprach:»Ich muß ein Wort mit meinem Vater reden.«

Der König winkte, und die Krieger wichen ehrerbietig aus der Nähe, aber er mit seinen Händen zog das Kind heran zu sich und zwischen seine Kniee:»Sprich! Was ist es, das du deinem Vater willst berichten?«

Sigune seufzte leis, doch Lächeln kränzte ihren Mund, und sie begann:»Mein Mohr und Spinnwebfänger ist nun wirklich alt geworden, alt und müde. Wohl noch geht er wacker vor mir her im Garten, jeden Morgen, wenn ich aus dem Bad gestiegen, aber ach – er geht gar langsam, schreitet müde und gebrechlich, wird nicht eher froh, als ich gebiete: heimwärts! Aber siehe, länger möcht ich manchmal gerne gehen, möcht nicht seinetwegen nimmer sehen können meines Gartens schönste Winkel, die am weitesten vom

Schlosse liegen, fern am Eisengitter bei dem stillen Flusse, wo es wild und dunkel ist und schmale Wege nur durch dichte Büsche brechen. Darum, lieber Vater, – glaub, es tut mir leid! – so möcht ich dennoch einen neuen, jungen Mohren haben.«

Der alte König nickte:»Wohl, mein Kind Sigune, und du sollst ihn kriegen!«, küßte ihr darauf die Stirne und die beiden Augen, aber diese leuchteten vor Freude gleich den Lichtern in den Silberständern, die soeben zwei behende Knaben in den dämmerigen Saal und vor den König trugen.

Und wie ein Wind, auf schnellen Füßen, lief Sigune aus der Halle, mitten durch die breite Gasse, welche die ergrauten Helden und die Krieger für sie säumten, aber alle lächelten ihr nach aus den verwitterten und narbigen Gesichtern.

Und laut am nächsten Tag verkündeten die Boten in den volkbelebten Gauen, daß ein Mohr, der willig sei zum Dienste bei Sigune, der erlauchten Königstochter, sich im Schlosse vor dem Kämmrer weisen möge.

Am selben Tage ward ein Mohr zum Kämmerer geführt, und als ihn dieser eine Weile angeschaut, so zog er seine Augenbrauen in die Stirn hinauf und sagte:

»Du bist nicht ganz so dunkel, wie wir es gewünscht, und wohl auch reichlich jung zu solchem hohen Dienste, wie er deiner wartet, – aber wohl, versuchen wir es denn, dieweil du guten Willens bist und still und kräftig.«

Da reckte hoch empor der junge Mohr den breiten Nacken, lächelte und fragte:»Welchen Dienst verlangt von mir die Königstochter Sigun?«Und der Kämmrer sagte:

»Zur Morgenzeit an jedem Tage sollst du vor der weißen Gartentreppe auf die edle Königstochter warten, und sobald du ihre leichten Schritte und ihr Lachen hörst vom hohen Saale her, so schreitest du den breiten Weg hinunter zu den alten Bäumen, immer zwanzig Schritte vor der Königstochter, immer da, wo sie dich gehen heißt, nach rechts und links und rasch und langsam, aufrecht und mit deiner breiten Brust voran, – doch warum lachst du?

Denn dieses sollst du niemals dir gestatten: sei's zu lachen oder gar dich umzuwenden und die Königstochter anzustarren nach gemeinen Volkes Brauch und Sitte. Dies ist deine Pflicht: mit deinem schwarzen Antlitz alle Spinnwebfäden vor ihr aufzufangen, die von Strauch zu Strauch, von Baum zu Baum die stille Nacht geknüpft, so daß kein einziges Gespinst sich mehr in ihre hellen Haare lege und kein Faden mehr um ihren schlanken Hals sich schlinge und kein Käfer gar auf ihre Lippen stürze.

Du selber aber sollst dir auch nicht mit den plumpen Händen das Gewebe aus dem Angesichte wischen, ehe du vom morgendlichen Dienst entlassen bist, denn ebenso verhaßt, wie ihre Haare und ihr Antlitz grau verhängt zu fühlen, ist der Königstochter, wenn mit ungeduldigen Fingern du die Fäden von den Augenbrauen und der Stirne streichen wolltest.«

Und eine Weile nach der langen Rede heftig atmend ging der Kämmerer im Saale hin und her, und wieder vor den jungen Mohren trat er, hob die Hände, sagte laut und warnend:

»Vergiß es nimmer, wenn du leben willst im Lichte dieser Sonne: hebe nie die Augen auf zu deiner jungen Herrin, deren Antlitz williger ein ekles Spinngeweb ertragen mag als deinen dunkeln Anblick.«

Und schweigend mit dem Haupte nickte Ali, trat zurück und schritt hinweg, und auf der Schwelle schlug er weit vor sich zur Seite den bestickten, schweren Teppich.

Und lange sah der Kämmerer ihm nach und in die leise wallenden und dunkelroten Falten –: »Wahrlich, hochgewachsen ist er, einer jungen Tanne gleich, und durch die Löcher, welche seine breiten Schultern jeden Morgen in die Spinngewebe reißen werden, kann Sigune, kann die lichte Königstochter, auf den leichten Füßen wie ein Windhauch tanzend schlüpfen!« Und er ging und suchte lächelnd König Oernulf. –

Und wie es ihm geboten war, so stand am nächsten Morgen Ali vor der breiten Treppe, schaute auf die blanken, rot und weißen Stufen, lauschte nach der kühlen Halle, hörte plötzlich knisternde Gewänder rauschen, hörte leisen Tritt und wandte rasch sein dunkles Angesicht zum Garten, wo die Morgensonne auf und nieder glitt in hohen, alten Bäumen.

Und eine Weile war es gänzlich still um ihn, und nun ein Flüstern und ein Kichern wie der Wind im Schilf, und endlich eine Stimme, hell und glockenrein, als ob zwei güldne Becher leise aneinander klängen:»Vorwärts!«

Er ging den Weg hinunter, zwischen taubeperlten Rosenbüschen, mit den Armen streifend an die dornigen Zweige, daß die Tropfen kühl und duftend ihn besprühten, langsam schreitend dann im hohen Laubgang, wo die rissigen, alten Stämme weit geschieden standen und sich keine Spinnen ihre schwanken Brücken bauen konnten, aber tiefer ward der Wald und näher drängten sich heran zum schattigen Weg die Haselbüsche und die schlanken Birken, und ein graues Netz umfing ihm Haupt und Schultern. Aber fest geballt bezwang er seine Hände, zuckte nur mit seiner Stirn und zwinkerte mit seinen Augenlidern, blies auch manchmal mit gespitzten Lippen vor sich her, wenn ihm ein Silberfaden zitternd durch das Sonnenlicht entgegentanzte.

Und nahe hinter sich so hört er bald Sigunes und der andern Mädchen Lachen, bald von ferneher, und kannte ihren Glockenton aus allen andern, aber weiter schritt er immerfort, und als ihr leiser Ruf erscholl:»Nach Hause!«, dünkt ihm gar so kurz der Gang, und traurig nach dem sonnenhellen Schlosse stieg er wiederum empor und ging vorüber an der breiten Treppe, weilte einen Atemzug und hörte fern ihr Singen und ihr Lachen in den Hallen still verklingen.

Die langen Sommertage gingen reich an Farben, schwer an Düften durch den stillen Garten, Rosen blühten hin und neue brachen strahlend auf, doch von den Ahornbäumen flatterten schon große Blätter langsam schwebend auf den weißen Weg hernieder.

Und täglich wanderte der junge Mohr den Morgengang und kannte bald Sigunes leise Wünsche, wußte, welche Pfade seine Herrin schreiten wollte: wenn die Tage klar und schon zu früher Stunde warm geworden, führte er sie in den hohen, alten Laubgang, wo es stille war und schattendunkel, zogen aber schnelle Wolken auf am Himmel wie ein Schwarm von windgetriebnen Segelbooten, ging er auf die Wiese zu den wilden Rosen und den tausend Blumen und den Birken, welche zitternd in der seidenblauen Luft sich wiegten.

Und kam ein Tag, da ließ ihm seine Herrin durch den Kämmrer melden, jedesmal, bevor er wieder auf zum Schlosse steige, möcht er schreiten um den reglos blanken See den schmalen Graspfad und vorüber an dem schwanken Schilf und an den weiß und gelben Wasserrosen, welche groß und leuchtend schwammen auf den breiten Blättern.

Doch weh, – in einer frühen Herbstnacht strich ein leichter Regen übers Land, und als am Morgen zaudernd Ali nach dem Schlosse schritt, da waren alle Pfade feucht, und blasser schimmerten die Birken, wie mit goldnem Rost auf ihren Silberblättern, aber traurig ging er wiederum zurück, und stiller dehnte sich ihm jede Stunde dieses trüben Tages, weil ihm seiner Herrin helles Lachen nicht den Morgen eingeläutet hatte. Aber spät am Abend noch beschied ihn vor sein Angesicht der Kämmrer, fuhr ihn heftig an und runzelte die Stirne: »Warum hast du deinen Dienst versäumt und deine Pflicht vergessen?«

Und ob der harten Worte hub des jungen Mohren Herz zu jubeln und zu singen an, doch zagend sprach er: »Herr, es regnete, und alle Pfade waren feucht, und in den Bäumen hing der kühle Nebel.«

Und lauter noch und heftiger der Kämmrer: »Mag es hageln oder will es schneien, – jeden Morgen sollst du bei der Treppe stehn und warten, warten, warten, hörst du? warten –!«

In stillem Schweigen beugte Ali seinen Kopf und harrte.

»Denn also will Sigune, unsre junge Herrin«, fügte leise noch der Kämmerer hinzu und winkte mit der Hand, und Ali ging. Doch sorgenvoll, als er allein geblieben, schüttelte der Greis sein Haupt und sagte seufzend: »Soll ich meinem König seiner Tochter wundersame Laune melden?« –

Mit hellen Bannern, klar und tausendfarbig, kam der Herbst, mit kühlen Morgenstunden, wo der Garten, seine alten Bäume und die jungen Sträucher, leuchteten wie in den Tag verglühnde Fackeln.

Und immer ging der Mohr den alten Gang und achtete gar wenig mehr der Spinngewebe, die sich eng um seine Stirne schlangen, doch der jungen Herrin Lachen schien ihm seltener zu klingen als im hohen Sommer, immer weniger die eine, reine Stimme zu erschallen, wenn auch die Gespielen laut erzählten oder sangen, gleich als wollten sie die Schweigende erheitern und die Stille wecken. Und in jähem Schrecken manchmal lauschte er nach ihrem Schritt und dachte gar, sie liege krank in ihrem Schlosse, wenn nicht wieder die Gespielen ihren Namen laut gerufen und gejubelt hätten: »Komm und schau, Sigune, immer noch erblühen neue Rosen!«

In solchen stillen Stunden, – denn ihm schien, daß alles schweige, wenn nicht ihre Stimme sang, – da zogen ihm die schwanken, herbsttaufeuchten Spinngewebe doch beinah das Angesicht zurück, und in die Lippen mußt er heftig beißen, um nach ihr sich nicht zu wenden und sie anzuschauen, die so lautlos seinen Schritten folgte. Und die seltensten und nie gegangne Pfade sucht er auf und wartete, sie möcht ihm leise rufen und ihn weisen, aber wie im Schlummer wandelnd folgte sie, wohin er sie auch führte, und umsonst erfand er alle seine Listen.

An einem Morgen aber, – traurig schritt er um den dunkeln See, und durch die feuergelben Blätter grüßten schon des Schlosses rote Mauern, –

Da stand er plötzlich still und lauschte rückwärts, lauschte nach dem Rascheln dürrer Gräser unter ihrem Fuß, dem leisesten Gesange, dem zu lauschen er gelernt, und in dem tiefen, toten Schweigen hob er seinen Kopf, ein kleines wenig nur, und wandte ihn hinaus zum ruhig blanken Wasser, ließ die Blicke gleiten wie zwei scheue Vögel auf dem silberdunkeln Spiegel.

Am andern Ufer aber, wo der Bach enteilte, spannte sich im Bogen eine schmale Brücke, und auf ihr, mit einer Hand sich stützend am Geländer, stand Sigune mitten unter den Gespielen, einen Finger leis auf ihre Lippen legend und aus großen Augen weit hinaus aufs Wasser staunend.

Und nun im blanken Spiegel sah der Mohr ihr Bild, und er erschrak und wurde froh zugleich und hob die Hand zur Stirne, wegzuwischen all die grauen Fäden, die sich trüb und wirr in seine Blicke schoben.

Und leise schrien die Mädchen auf, und wie von Schatten überwischt verglitt das Bild, und durch die dumpfe Stille wieder, die um ihn geworden, taumelte der Mohr dahin und strauchelte und wankte, mit den Händen vorwärtstastend wie durch tausend graue Netze und am Abend griffen ihn die Häscher, führten ihn zum Turm in schweren, harten Fesseln. –

Und weiter wandelte der Herbst auf seinen goldnen Straßen, aber vor dem stillen Schlosse blieb er sinnend stehen, hob die trunknen Augen aufwärts nach den roten Mauern, flüsterte und fragte:

»Wozu die schweren, dunkeln Tücher vor Sigunes Fenstern und warum die Teppiche in allen Gängen und kein Laut im weiten Garten?«

Und leise Antwort wob die tiefe Stille: »Krank auf ihrem Lager liegt die Königstochter, und ein heißes Fieber glüht in ihrem jungen Leibe, und ihr Mund ist wund von wehem Stöhnen. Aber manchmal aus den Kissen hebt sie schwach und matt die müden Glieder, fragt mit trocknen Lippen: Ist es immer noch nicht Tag geworden, und wann darf ich wieder schauen meinen lieben, stillen Garten?« –

Und weiter wandelte der Herbst gedämpften Schrittes über die gefallenen und blassen Blätter, aber vor dem Turm am Flusse blieb er wieder stehen, lauschte lauten Stimmen aus dem feuchten Dunkel.

»Bekenne, daß du deine Herrin angeschaut!« Und als der Mohr den Kopf in stummem Trotze schüttelte, da schrieen seine Richter: »Willst du lügen? Sahst du nicht die dunkeln Haare, ihre kirschenschwarzen Augen?«

»Wie zwischen Morgenwolken klar der blaue Himmel schimmert, leuchten ihre Augen, und ihr Haar ist hell wie erste Frühlichtstrahlen.« Und er lachte.

»Mit deinen eignen Augen wirst du zahlen dieses freche Wissen«, riefen sie, und er, in trotzigem Hohn: »Ein Spottpreis –, denn wozu noch sollten sie mir dienen?«

Und als sie ihm das Licht aus seinem Angesichte löschten, hob er seine Stimme und begann zu rufen: »Weh, die Augen reißt ihr mir aus meinem Antlitz, aber tiefer müßt ihr graben, Toren, um ihr Strahlenbild mir zu entreißen!«

Und sang den ganzen Tag, so daß es durch die alten, grauen Mauern scholl und alles Volk es staunend, bebend hörte:

»Ich trag ihr Bild in mir, und deshalb ist mein Kerker licht, ob sich nun auch der Spinnen dunkelste und unlösbare Netze über mir verstrickt und mich in Nacht gerissen haben.«

Und sein Gesang war also laut und also wunderbar, daß sie ihn töten mußten, und es wurde wieder still im Turme an dem breiten Flusse. –

Und an dem Nachmittage, da der späte Herbst auf seinem letzten Gange durch den Garten schritt, versank Sigunes Leib in einen leichten Schlaf, und die beständig bei ihr wachten, hatten leise das Gemach verlassen.

Nach kurzem Schlummer aber hob sie sich empor aus ihren heißen Linnen von dem Lager und mit schwachen Händen griff sie nach dem Silberbecher, führte ihn zu ihren Lippen, welche dürsteten, doch siehe: er war leer, und nur ihr eigen Bildnis glänzte wieder aus der blanken Schale.

Und ihre Lippen flüsterten:»So war es dies, worauf er also starrte –?«

Und auch im Silberkelch die Lippen regten sich und waren bleich und zitterten, doch vor dem Hauch aus ihrem Munde ward das Bild verdüstert und erlosch, und schaudernd von sich schleuderte sie das Gefäß und schrie:»Nein, dieses war es nicht!« und lief aus dem Gemache.

Und niemand hörte ihre Schritte auf den tiefen Teppichen und niemand sah sie gleiten in den stillen Garten und verschwinden zwischen den im letzten Feuer glühenden Gebüschen.

Und auf der leichtgewölbten Brücke hielt sie an den raschen Lauf und lehnte weit sich über das Geländer, sah ihr Bild im dunkelglatten Wasser und begann zu lächeln.

Und auch das Ebenbild im Wasser lächelte zu ihr empor, und nun, mit leisem Zögern, breitete die Arme es, die schlanken, aus und hob sich ihr entgegen und umfing sie lächelnd, kühl und lautlos.

Und weite Ringe glitten in den See hinaus, und lange zitterte das Wasser noch und wiegte leis des Schilfes Halme hin und her, und endlich wieder lag es glatt und still und silberdunkel unter den sich

in die erste Winternacht hinein verblutenden und stummen, alten
Bäumen.

FÜNFTE NACHT

Weiten Schwungs im Abendhimmel kreisen
Zwei gewaltige Adler überm Flachfeld,
Kreisen langsam, spähen in die Tiefe,
Nicht im Walde nach dem schnellen Wilde,
Nicht hinunter nach dem eignen Horste
In den kahlen, abendroten Klippen,
Spähen nicht nach schwertgefällten Helden
Auf der stillen, schattenlosen Heide,
Kreisen weit und warten, – aber plötzlich
Wenden sie die Hälse, schlagen wuchtig
Mit den Schwingen, dann in langem Fluge
Gleiten sie wie Pfeile durch die Lüfte,
Segeln sie wie windgejagte Boote
Uebers Flachfeld, über blasse Birken,
Ueber dunkeln Wald und blumige Hügel, –
Näher schimmern Asgards hohe Mauern,
Volksgewimmel flutet aus den Toren,
Rufe gellen, Angesichter, Hände
Flimmern durcheinander, Jubel, Jubel, –
Und die Adler jähen Fluges bohren
Sich zur Tiefe, stürzen sausend, bäumen
Sich ein letztesmal empor und sinken
Lautlos nieder auf gespreizten Flügeln
In die Aeste einer breiten Eiche.
»Odins Adler kehren heim vom Fluge!
Odins Adler künden uns den Sieger!«
Und vom Hange spähen tausend Augen
In das weite Feld hinaus, und wogend
Wie ein sturmgepeitschter See erschallen
Laute Stimmen, aber bei der Eiche
Stehn die alten Helden, stehet Odin,
Schattet mit der Hand das klare Auge,
Misset mit dem Blick das weite Flachfeld.
Nun – ein Schrei:»Ich schau ihn, dort, beim Walde«.
Tausend Augen suchen ihn.»Wer ist es? –

Unter seinen Sohlen fliegt die Erde –
Halben Weg schon hat er abgeworfen –
Dort ein zweiter – und ein dritter – viele –!
Kennst du ihn, den ersten? – Hei, nun ist er
Seinem eignen Schatten weit entsprungen! –
Balder –! Ist es Balder? – Thor! – Nein, Balder –
Sieh die Haare, die wie Flammen flackern!
Balder, Balder! Heil dem Sieger! Balder!«

Und sein Name braust ihm hell entgegen,
Tausend Augen jauchzen ihm Willkommen,
Aber Odin reckt ihm beide Hände:
»Sieg um Sieg errafft der Asen Jüngster,
Und mit siebenfachem Kranze krönet
Dir des Tages Ruhm die stolze Stirne.«
Und noch einmal steigt sein Name strahlend
Von den Lippen aller, wie die Sonne
Letzten Strahls entzündet das Gebirge, –
Und es weitet sich der Ring der Helden,
Aber durch den engen Pfad geleitet
Odin selber seinen Sohn zum Saale
Und an seiner Seite zu dem Hochsitz.
Jubelnd füllt das Volk die hohe Halle. –

»Balder! Diesen Becher dir zur Ehre!
Dir, dem Sieger, dir, dem jüngsten Bruder!«
Lachend schwinget Thor die volle Schale.
»Ist nicht oft geschehn, daß einem Sieger
Thor den Becher hob. Doch wohl, wir grüßen
Alle dich und müssen laut bekennen:
Unser Sieger blieb im Spiele Balder.«
Und er trinkt die Schale langen Zuges,
Stellt sie nieder, schaut umher im Kreise,
Aus den finstern Augen spöttisch lächelnd.
»Seid ihr alle auch, wie ich, den Spielen
Eurer Kindertage schon entwachsen,
Daß ihr euch besiegen laßt von Knaben?«

Balders Leib erzuckt wie unter Hieben,
Aber leise legt ihm auf die Rechte

Odin seine Hand und flüstert:»Laß ihn!
Wem die Arme feiern, ist das Schwatzen
Eine Notdurft, und er meints nicht böse!«

Aber Thor von neuem hebt die Stimme:
»Sag uns, Balder: bist du jemals also
Weit von Asgards Mauern weg gewesen,
Draußen in der bösen Welt, wie heute?
Zögernd nur, als wir den Lauf begannen,
Hört ich hinter mir dich vorwärts keuchen
Und im Walde dacht ich gar, ich müßte
An der Hand dich durch das Dunkel führen,
Aber als wir weite Heide kriegten
Und von ferne Asgard heimwärts lockte,
Ei, da wurden deine Arme Flügel,
Ei, da lief das Kind zu seiner Mutter!«

Röte schlägt empor in Balders Wangen,
Aber Odin lacht, und alle Helden
Lachen mit ihm, und er flüstert:»Laß ihn!
Grob sind seine Worte wie sein Hammer,
Treu sein Herz wie seine plumpe Waffe.«

Thor mit lauter Stimme überdröhnet
Das Gelächter:»Heil! Mit raschen Füßen
Hast du heute deinen stolzen Namen
In die weite Welt getragen, Balder!
Und auf meinem nächsten Zuge werden
Staunend mir die Rehe und die Hasen
In dem nahen Forst von dir erzählen.
Wahrlich, immer fand ich es so seltsam,
Wo ich auf der Erde streitend streifte,
Nirgends klang dein Name mir entgegen,
Nirgends schrie in bangem Schrecken einer:
Ist das Balder dort auf hohem Rosse –?
Einmal nur an einem Wiesenbache
Sah ein Mägdlein ich im Grase knieen,
Und es rupfte blasse, gelbe Blumen
Und es jauchzte: Schau nur, Balders Locken –
Ja, ihr lachet, wie ich damals lachte,

Als ich Balders Locken in die Mähne
Meines Rosses flocht zum Schmuck der Stunde!
Aber einmal, Helden, war auf Asgard
Solches Brauch beim Frühlingsfest der Asen:
Wer im Wettkampf sich den Preis errungen,
Durfte wählen, wie sein Herz es wünschte,
Sich ein gutes Schwert im Waffenturme
Und ein Roß sich fangen auf der Weide,
Und so ritt er einsam in die Ferne
Und gelobte, nimmermehr durch Asgards
Hohes Tor zurück sein Tier zu spornen,
Eh ihm nicht vorangeeilt als Bote
Seiner Taten Ruhm von Mund zu Munde.
Ausgestoßen aus dem Kreis des Festes
Ward der Spiele Sieger, sich zu messen
Ernsten Kampfes mit der ganzen Erde,
Aber heute wird zum Ehrensitze
Er geleitet und von zarten Händen
Mütterlich beschützet und beschattet,
Bis er selber blasser wird und bleicher
Als sein Schatten ist im Dämmerlichte,
Er, der Sieger war und bleibt – im Spiele!«

Steil vom Sitz ist Balder aufgesprungen,
Mit geballten Händen steht er, bebend,
Worte würgen in der trocknen Kehle,
Doch die Lippen bleiben stumm. Und Odin
Wirft verächtlich in die bange Stille:
»Neid hat aus dem wortekargen Helden
Heut ein scheltend, mundflink Weib geschaffen!«

Laut Gelächter. Balder hebt die Fäuste,
Und es tönt wie Wehruf eines Wunden:
»Nein, die Wahrheit – Thor hat wahr gesprochen!
Nein, ich will – ich will mein Werk vollbringen.
Laßt mich ziehn. – Hab Dank für deine Worte!«

Wie ein Fels in Meeresstille hebt sich
Thor aus den verstummten Männern. »Hört ihr?
Asenblut erwacht im blonden Knaben!

Denkst du an der Mutter Gruselmärchen
Von den Schatten, die im Walde kauern
Und mit Krallen nach dem Wandrer greifen?
Denkst du an das Humpelweib im Kornfeld,
Das den Schläfer tritt mit plumpen Füßen?
An das Irrlicht in der weiten Heide,
Wo die Schleier grauen Reigen tanzen?
Oder gar an Riesen und an Zwerge? –
Als ich jenes erstemal aus Asgard
In die Weite ritt nach Abenteuern,
Kam ich in ein fernes, nacktes Bergtal;
Hohe Mauern schlossen alle Pfade,
Doch ein Stöhnen wie von einem Schlachtfeld
Kreischte mir entgegen und ein Knirschen
Wie von steinzermalmten Menschenleibern;
Und im tiefen Felsenkessel standen
Die drei Riesenmägde an der Arbeit,
Mit den Armen treibend die gewaltigen
Mühlensteine, die sich selber mahlen.
Ob ich gleich aus vollen Lungen brüllte,
Keine hörte mich in ihrem Keuchen.
Alle sind vom Dröhnen taub geworden,
Das seit Ewigkeiten sie umbrandet.
Da mit einem Satze trieb ich spornend
Hin mein Roß zu der verwunschnen Mühle,
Schlug mit einem einzigen Hammerschlage
Sausend einen Stein in tausend Splitter,
Aber niemals wieder toste solcher
Sturm um meine Ohren, wie das Schreien
Hinter mir von den drei Riesenmägden,
Als ich lachend aus dem Tale sprengte. –
Willst du reiten, Balder, und den zweiten
Mühlstein spalten in der Riesenhölle?«

Aber lächelnd schüttelt seine Locken
Balder und er spricht wie traumbefangen:
»Will nicht reiten zu den Riesenmägden,
Will nicht kämpfen mit des Waldes Schatten,
Will nicht Zwerge um ihr Gold betrügen, –

Ohne Roß und Schwert, so will ich ziehen
Und will wandern auf den fernsten Pfaden,
Bis ich ihn gefunden, den Verborgnen,
Ihn, den Großen, ihn, den Unbekannten,
Ihn, den Namenlosen, dem wir alle,
Menschenvolk und Asen, weichen sollen.
Will vor seine stolze Stirne treten,
Nicht mich beugen vor den harten Augen,
Aber will ihn eine Frage fragen,
Eine leise, kurze Frage, will nur
Einmal atmen und ihn fragen: warum?«

Schweigen füllet Asgards hohe Halle.
Schweigen legt auf Thors erhobnen Nacken
Seine eisenschwere Faust und beugt ihn.
Schweigen wischt durchs rote Licht der Fackeln
Wie mit Eishauch, und die Flammen zittern.

Balder ruft – und seine Stimme klirret,
Wie wenn Fesseln von den Händen fallen –:
»Singe, Mimir, sing von Heldentaten!
Asen feiern ihren jungen Frühling,
Und die Brände lohen steil zum Himmel.«
Neben Odin auf dem Hochsitz wieder
Nimmt er Platz, der Sieger aller Spiele,
Und er winkt dem Greise mit der Rechten.
Alle lauschen schweigend dem Gesange.

WIDAS UND SEIN WEGGENOSSE

Zur Stunde, da der Tag verhüllten Angesichtes naht und mit gebeugtem Nacken schreitet vor den Richterstuhl der Ewigkeit, zu lauschen auf den Spruch, der seinem Werke wartet, –

Da grüßte licht ein hehrer Traum die Seele, die da wohnte in des jungen Königs Brust, und dieses war das Bild, das Widar staunend in der wolkenschwarzen Nacht erblickte:

Ein Kleinod spielte in der Farben siebenfältigem Glanz, und wessen Blick sich wusch in seinem Flammenspringquell, dessen Herz gesundete von allem Leid und Schmerz, und wie die Saiten eines Harfenspieles klangen wohlgestimmt die tatgesegneten und erntereichen Tage seines Lebens.

Und lange Zeit verweilte wortelos der König, ließ sein Auge weilen auf dem strahlenhellen Bild und seine hohe Seele sich erlaben an dem Traume.

Und horch, da sang sein Schwert und flüsterte und lockte:

»Wohlan, und willst du nicht erstreiten dieses Kleinod, das da ruhet in des Berges Tiefe, dort, wo es ein Glücklicher versenkt vor seinem Tode und wo ewige Dunkelheit verbirgt des Lebens schauriges Geheimnis?«

Da wurde hart des Königs Angesicht, und bebend griff die Faust des Schwertes Knauf, und seine Augen brannten.

Und wieder sang die Waffe, aber klingender und lauter:»Auf, ein blankes Herz und eine blanke Wehre, – welcher möchte wohl und wagte dir zu widerstehen?«

Und jubelnd sang das Schwert, und wie ein Glockenläuten scholl es durch die tiefe, tote Nacht:»Erlösung ist erwacht dem Leben dieser Welt, und alles Weh und Leiden soll gesunden in des Kleinods Strahlensegen.«

Da stürzte nieder auf die Knie Widar und verhüllte im Gebete mit den Händen Stirn und Augen. Aber herrlich stieg empor die Morgensonne, scheuchte in die Schluchten all die Schatten, ließ die

Nebel branden am Gebirge und die Welt erglühen in der lichten Schönheit eines Maienmorgens.

Und Widar schritt hinüber zum Gemache seiner Braut und Freundin, küßte ihr die Augen beide und begann zu künden ihr das nächtliche Gesicht und seines Traumes Bildnis.

Die Königin erbleichte, doch in ihren Augen flammte Stolz, und wortelos von seiner Seite hob zu ihren Lippen sie empor das blanke Schwert und küßte seinen Glanz, und eine Träne funkelte im Morgenlichte auf der Klinge.

Und da sie ihm die Waffe reichte, sprach sie frohen Mundes diesen Segen:

»So will dein Leben jetzt aus meinen Händen gleiten, und das meine Liebe schmückte, soll die Tat nun krönen. Horche, wie die Lande seufzen, lausche, wie der Menschen Sehnsucht singet von dem wunderbaren Kleinod, das da ruhet tief verborgen in dem dunkeln Berge! Auf, vergiß der Braut und Freundin und gedenke deines hohen Werkes!«

Und also ritt der junge König aus dem Schloß, mit wundem, schwerem Herzen, stumm gebeugt dem Schicksal derer, die sich Feinde züchten aus der Gegenwart und Hasser aus den Tagen, die versunken, um zu jagen nach der Krone einer fernen, unbekannten Zukunft. Aber hell an seiner Seite sang das Schwert und wies ihm jauchzend seines Weges Richtung.

Und viele Tage zogen still mit ihm und wanderten denselben Pfad, den seine Schritte gingen, aber müde wichen sie von ihm, sobald die Nacht herniedersank, und legten sich zum Schlafe hin, dieweil er rastlos weiterstrebte durch die Lande, unbekannt und einsam, nicht nach Ruhe dürstend, sondern nach der Tat, und spannend alle seine Kräfte zu dem einen Wurfe nach dem einzigen Ziele.

Und rauher ward das Land, und finster standen die gewaltigen Wälder, und von grauen Bergen tosten wilde Wasser durch die Schluchten.

Und eines Abends sah er, da der Tag sich neigte und die Welt erblich, auf steilem Felsen eine Burg im Sonnengolde flammen, und das blanke Schwert in seiner Rechten zuckte auf und jauchzte: »Sieg! An diesem Orte werden wir es finden und erstreiten!«

Und als der König auf der breiten Straße ritt empor zum Schlosse, – siehe da: ein Spielmann wanderte vor ihm und grüßte noch im Lied die letzten Sonnenstrahlen.

Da hub der König an und fragte ihn nach seinem Weg und Ziele.

Der Spielmann lächelte und beugte tief den Kopf und sprach mit leiser Stimme:

»Von einem Kleinod sang mir meine Geige, das da liegt verborgen in des Berges Tiefe, dessen Kräfte Segen wirken jedem, der es mag erschauen, also daß ich hege die geheime Hoffnung, meiner Geige Lieder möchten es erlösen und den Menschen schenken.«

Der König sann den Worten nach und schwieg, und über einer Weile sprach er lächelnd:

»Gefährten sind wir also auf dem gleichen Pfade.«

Da neigte tiefer noch der Spielmann sein Gesicht und wandte sich zur Seite, doch der König ritt hinein durchs Tor und in den weiten, stillen Burghof.

Und harrend auf die Schar der Diener, lauschte er dem Rauschen eines fernen Brunnens, aber siehe, niemand öffnete vor ihm die Türe, sondern leise Dämmerung umwallte flüsternd nur die Türme und die Hallen.

Da stieg der junge König still hinan die breite Treppe, öffnete die schwere Eisentür und wanderte entlang den Gängen, dämpfend seine Schritte, bis er fand in einem Saale einen Greis, von Alter müd und hoch an Jahren.

Und dieser hieß ihn froh willkommen, fragte ihn nach Wohl und Weh des Weltenwandels und dem Grunde seiner eignen Herkunft.

Und als der junge König alles ihm erzählt, von seinem Traum und seinem Ritt und seiner Hoffnung, hob der Greis das Haupt mit seinen klaren Augen und begann und sprach die Worte:

»Schon viele sind gekommen, siegessicher oder eigner Kraft vertrauend samt dem blanken Schwerte, zu erlösen jenen Schatz, von dem die Menschen träumen in den einsam stillen Nächten, aber keinen sah ich wiederkehren aus dem tiefen Berge, der da birgt des Lebens schauriges Geheimnis.

Doch siehe, also rein erblickt ich nie ein Schwert wie deines, das da funkelt durch den Abendschatten gleich dem Blitz im Wolkenheere, – drum, vielleicht, so mag es dir gelingen, was den andern nicht gelang, und eine Welt mag deinen Namen dankend preisen.«

Und also sprach der Greis, und wie er schwieg, so nahte leise seine blasse Tochter, aber alles Blut erstarrte in des Königs Herzen, als er blickte in die mitternächtigen Augen und aus ihrer Hand empfing den Becher, den sie ihm zum Gruße bot mit stummen Lippen.

Da raunte unmutvoll das Schwert an seiner Seite, und der Becher rollte klirrend auf den harten Fliesenboden.

Die Jungfrau aber lächelte, und ihre Augen spotteten des Schmerzes, der da rang im jungen König und ihn zwang, zu meiden ihren Blick und ihres Mundes stumme Frage.

Und finster sank die Nacht und lauter rauschten alle Ströme und die Wolken hingen in die Täler, –

Da schlang die Jungfrau ihre Arme um des jungen Königs Nacken, flüsterte und fragte:

»So mag ich folgen deinen Spuren in die Welt hinaus, und nimmer muß ich dich verlassen?« –

Und langsam graute schon der Morgen überm Berge, und die ersten Strahlen zuckten in die Finsternis der Nacht und mußten stumm verbluten, –

Da hob empor die Jungfrau von der Lagerstatt das blanke Schwert des jungen Königs, lachte auf und f ragte:

»Was liegt die Waffe zwischen uns und unsrer Liebe, gleich dem Eisenriegel, der die Kerkerpforte schließet vor der weiten, lichten Freiheit?«

Da klang, wie Heimatgruß aus weiter Ferne, durch die stille Morgenfrühe ein Gesang, und aus dem dunkeln Burghof schwangen sich des Spielmanns Lieder durch die breiten Fenster, also daß der junge König lauschen mußte, lauschen, wie man lauscht den Weisen, die erklingen aus der Kindheit Tagen durch den öden Lärm des wechselreichen Lebens, – und sein Herz erwachte, riß sich blutend los und sprengte Band und Fessel, die geschlungen mit so weichen Händen jene blasse Jungfrau.

Und was der Spielmann sang zur Morgenstunde, da die Sonne sich erhob und rang mit schweren Schatten, dieses war das tiefe Lied der überreichen Liebe, die da liebet nicht des Leibes Tempel, doch das Götterbild im Menschen, die da dürstet, Opfer darzubringen und hinabzutauchen in des andern Tiefe und zu nähren mit der eignen Glut des andern ewig Feuer.

Der junge König, hochgereckt die starken Arme, grüßte laut das Morgenlicht und jauchzte ihm entgegen:

»Bezwungen ist die dumpfe, tote Nacht, und vor dem Lichte weichen ihre Schatten. Sonnenhelle füllt die weiten Lande und die unermessene, blaue Ferne.

Hab Dank für dein beseeltes Lied, mein Spielmann, du mein treuer Weggenosse, das mir wiederschenkte, was die Nacht mir raubte, – meinen Traum und meine Tat und meine Hoffnung!«

Doch bebend griff nach seinem weitgereckten Arm die Jungfrau, und in ihren Augen glomm es, wie die Feuersbrunst im Forste durch die schwarzen Stämme lodert oder wie ein letztes Mal im umgestürzten Leuchter schlägt empor die Flamme, ihren Widerglanz in tausend Scherben spiegelnd.

Und ihre Lippen flüsterten:»Was gehrest du nach jenem Horte, der da ruht im tiefen Berg und den kein Aug erschaute? Siehe, mich hast du errungen ohne deines Schwertes Hilfe, ohne deines Lebens Opfer, ich bin Kleinod dir und Hort und reiche Zierde.«

Doch traurig schüttelte sein Haupt der junge König, griff nach seinem Schwert in ihren Händen.

Da lachte gell sie auf und sah ihr Antlitz in dem blanken Stahl, und ihre Lippen schrien:

»So willst du meiden dieses Angesicht? Wohlan, es blicke ewig dir entgegen aus dem Glanze dieser Waffe, die ich hasse, hasse, – nimmer soll es schwinden von dem Spiegel dieser Wehre, bis ihn reingewaschen eine Liebe, die dich tiefer liebt als ich und glühender denn meine Liebe.«

Und warf das Schwert vor seine Füße, daß es klang, und wie ers von der Erde hob, so grüßte ihn daraus ihr Antlitz, brannten ihm entgegen ihre Glutenaugen. Da schritt er aus dem Schlosse, streng und ohne seinen Blick zurückzuwenden, wie gezwungen unter eines harten Herren Dienste, beugend seine Stirn dem starren Reif des Schicksals.

Der Spielmann aber führte ihn auf Dämmerpfaden durch den dunkeln Forst hinan zu einer schmalen, hohen Schlucht, aus deren Rachen tosend jeden Morgen sprang die klare, reine Flut des Lebens, um zu nähren alle Lande, alle Wesen dieser Erde, aber trübe strömte wiederum der Fluß zurück am Abend in den Schoß des Berges, neue Kräfte zu gewinnen aus dem ewigen Dunkel.

Der junge König, gischtumsprüht und sturmumbrandet, starrte in die Felsenschlucht und lauschte auf den brausenden und vielgestimmten Sang, der aus den Hallen ihm entgegenscholl, und zu dem Spielmann sprach er diese Worte:

»Wenn ich die Tat vollbringen darf und wiederkehren mag aus diesem Schattenreich, gesegnet mit des Kleinods Heil und Glanze, – dir verdank ich es und deinem zaubermächtigen Saitenspiele, das da sang von meinem hehren Traum und meinem stolzen Werke, das mir weckte die gebundne Seele und mit Kräften stählte meinen Arm, der schwach geworden.

Drum laß mich blicken tief in deine Augen, daß ich nimmer sie vergesse all mein Leben, sondern wieder sie erkenne, wo es immer sei, zu danken dir und deinem Wächtersange.«

Der Spielmann aber wandte seine Blicke, schüttelte die Locken, lächelte und sagte:

»Mein eigen, armes Saitenspiel vermochte nimmer mir zu heben aus dem Dunkel jenes Kleinod, aber wenn damit ich weckte eines Helden Tatenfreude, mag es mir genügen, und für Dank und Segen will ich diese Hoffnung nehmen, daß du wieder schreitest aus der Felsenschlucht, das Kleinod, funkelstrahlend, vor dir tragend.«

Da faßte rasch der junge König nach des Spielmanns Händen, – aber heftig stieß er wieder sie zurück und starrte traumversunken auf die zarten, weißen Finger, auf die schlanken Handgelenke.

Und sagte leis, dieweil sein Auge in der Ferne weilte:

»Und so es mag geschehen, daß ich nimmermehr entsteige diesem finstern Grabe, dann entbiete meine letzten Grüße an die ferne, stolze Herrin, deren Bild mir gegenwärtig durch den Anblick deiner weißen Hände, deiner zarten Spielmannsfinger, nicht geschaffen, blitzend Schwert zu schwingen, aber zaubermächtig, Lieder zu erwecken auf den Silbersaiten und die Seele lichte Pfade zu geleiten. Solches magst du ihr verkünden, wenn dein Wanderweg dich führt an ihre Stätte: schwer und herrlich ists, zum Helden sich in Gluten schmieden lassen, schwerer noch und herrlicher, als eines Helden Freundin seinem dunkeln Pfad ins Licht zu folgen.«

Und eines Sprunges stürmt er an und schritt gewaltigen Ganges in die hohe, dunkle, sangdurchbrauste Felsenhöhle, und von seines Schwertes Zucken blitzten auf die schwarzen, nassen Wände, funkelten im Regenbogenglanz die Wasserschleier und die Wellenbrücken.

Der Spielmann aber, überschallend mit der eignen, glückdurchjauchzten Stimme all das Brausen des gewaltigen Stromes, gleich dem Abendglockenläuten, das sich schwinget aus der lauten Stadt empor und über Markt und Häuser in den lichten, unbegrenzten Himmel, sang ihm diesen Wandergruß und Kampfessegen:

»Verkünden will ich alle Stunden meines reichen Lebens deiner stolzen Freundin, was du mir vertraut, und ewig wird sie deiner denken und der Worte, die du ihr geschenkt zum letzten Gruße!«

Und angestrengten Ohres lauschend nach der Höhle, spähend mit den Augen in die finstre Schlucht, verharrte stundenlang der blasse Spielmann, bis des Stromes Wellen ruhig wurden und versiegten um des Mittags Wendezeit und wieder rückwärts sich ergossen in den Schoß des Berges, als der Abend leise durch den finstern Wald empor zum Himmelsjoche wallte.

Und bald wie Schlachtgesang und blanker Schwerter Jauchzen klang es aus dem Schattenreiche, bald wie wunder Streiter Aechzen, bis am Abend gänzlich jeder Laut verstummte und die Stille ihre schauervolle Weise klagte.

Und lange irrte durch die Welt die Nacht mit Seufzen und mit Weinen, barg sich in den Klüften und im Tannenforste, bis der junge Tag mit goldgeglühten Pfeilen sie verjagte und im Siegessturm empor am Himmelsbogen fuhr das stolze Viergespann der Morgensonne.

Und siehe, in den Wellen, die da schossen aus der dunkeln Schlucht, ein Funkeln und ein Blitzen, und im Strudelkreis der Wogentänze tauchte auf das Schwert des jungen Königs.

Und wie der Spielmann bangen Herzens nach der Waffe griff und prüfend sie zur Höhe schwang im Sonnenlichte, –

Da höhnte aus dem Spiegel ihm entgegen der verschmähten Jungfrau Antlitz, wie sies eingelacht dem blanken Erze und gefestigt mit dem Spruche ihrer heißen Liebe.

Der Spielmann aber, von sich werfend seine bunte Tracht, – und sieh: des Helden Freundin wars, die ihm gefolgt auf seiner Spur, – und aus den reinen Augen nach der Sonne betend, schwur beim keuschen Lichte:

»Erlöschen soll das Bild und makellos erglänzen dieses Schwert, auf daß es tauge zu der höchsten Tat, durch meines Blutes Sühne.«

Und tauchte tief ins Herz die Waffe, neu dem Werk sie weihend, sank zur Erde in den weichen Rasen nieder, und die Wellen trugen sanften Schwunges wiederum zurück zur Abendstunde das entsühnte Schwert dem jungen König.

Und neu erscholl das Kampfgetos, und hell erklang der Waffe Sang, wie Glockenlied im Sturmgeheul, wenn schwarz die Wolken vor den Bergen jagen.

Und als der Morgen nahte und die tiefe Stunde sich erfüllte, da das Licht geboren wird, da trat hervor aus seiner Gruft der Held, gebleichten Haares und mit müden Schritten, aber tragend in den Händen, funkelstrahlend, das erstrittene, geweihte Kleinod.

Und lange küßte er der toten Freundin bleichen Mund und schuf ihr eine stille Lagerstätte unter dem Geflüster windbewegter Wipfelkronen, stellte ihr zu Häupten das geweihte Kleinod, dessen Glanz erstrahlte lichter denn der Sonne Segen, betete gebeugten Hauptes, bis der Abend nahte, dann, wie wer gelöst des Lebens tiefste Frage und erschlossen seine letzte Fessel, schritt er leis von dannen, durch die Wälder, wurde nimmermehr gesehen.

SECHSTE NACHT

Tief im Schlummer liegt die weite Erde.
Rund um Asgard lohen sieben Flammen
Von den Klippen auf zum dunkeln Himmel,
Durch die Tore aus der hohen Halle
Flutet Feuerschein und braust der Jubel
In die Nacht hinaus wie heißer Atem
Und zerflattert in der weichen Stille.

Welcher Schatten schleicht sich von dem Feste,
Gleitet durch der Fackeln roten Schimmer
In den Burghof und entlang den Wänden,
Schreitet nieder auf den breiten Stufen
In den dunkeln, fernen Brunnengarten?
Odin selber ists, der Herr des Festes,
Seine Hände raffen eng den Mantel,
Seine Schritte schallen auf den Fliesen,
Hinter ihm erlischt das Licht, und ferne
Sind verstummt die Stimmen und Gesänge,
Nur des Brunnens silberblaß Geriesel
Flüstert durch die Zweige aus der Tiefe.

Eine Weile zaudert er und lauschet,
Dunkel ragend auf den bleichen Stufen,
Schreitet rasch dann zu der Bank am Brunnen,
Beugt sich nieder und, den Mantel öffnend,
Streift er tastend mit der Hand und leise
Ueber eine schlummertrunkne Stirne.

Träge aus dem Schatten hebt ein Haupt sich,
Dann ein schlanker Körper, und ein Jüngling
Ringt sich aus dem Schlaf, die Arme stützend
Auf die Steinbank und noch halb im Traume
Mit geschlossnen Augen müde murmelnd:
»Bist du mich zu wecken schon gekommen,
Unbarmherziger Bruder? Ist die Stunde
Schon der Mitternacht heraufgestiegen?
Welche Kunde von dem Botenlaufe

Durch die weiten Welten bringst du mit dir?
Fluch und Trauer in den Erdenlanden,
Fest und Jubel auf den Höhen Asgards?
Ach, wann werden wir den letzten Morgen
Einst dem müden Weltenrund verkünden?«
Und der Jüngling langsam reckt die Arme,
Gleitet mit den Gliedern von dem Lager,
Schlägt die Augen auf – und jähen Ruckes
Schnellt er von der Bank empor und starret.

»Odin spricht mit dir, der Asen König.
Freudenbotschaft sollst du mit dir tragen,
Junger Tag, von Odin an die Erde.
Was da lebet, sollst du von mir grüßen,
Mensch und Tier und Stein und Wald und Meere,
Jeden Zweig an jeder schwanken Birke,
Jede Blume, die der Frühling streute,
Jede Glocke, jeden Pflug im Felde,
Jede Waffe, jedes fernste Weglein, –
Und du sollst es allen laut verkünden:
Senden will ich auf die Erde Balder,
Meiner Söhne Jüngsten, ihn, den Liebling,
Ohne Schwert und ohne Königskrone,
Nur im Glanze seiner lichten Locken.
Nicht zu herrschen oder zu bestrafen,
Nur aus seiner überreichen Güte, –
Und ich will, daß alle ihn empfangen,
Wie sie mich, den König, ehren würden,
Will, daß alle Tore weit sich öffnen,
Daß die Blumen blühen, wo er gehe,
Und die Glocken singen, wo er wandle,
Lachen grüße ihn aus jedem Auge,
Scherz und Fröhlichkeit von jeder Lippe,
Denn sein Herz ist schwer und schattendunkel,
Und ich will, daß er das Leben liebe.
Darum eile, Tag, und säe strahlend
Glück in jede tiefste, fernste Furche
Des zerpflügten, weiten Weltenackers,
Daß ein reicher, farbenfroher Segen

Unter Balders jungen Schritten sprieße.«

Und der schlanke Jüngling neigt den Nacken,
Badet klar im Brunnen seine Augen,
Daß sie schimmern, wie im frühen Lichte
Hell der Morgenstern vom Himmel funkelt,
Und er gürtet mit dem Gurt die Lenden,
Schnallt sich an den Fuß die Wandersohlen,
Schreitet aus dem mitternächtigen Hofe
Raschen Gangs und eilt den Berg hinunter,
Und sein klares Wanderlied erschallet
Leis verklingend in der dunkeln Ferne.

Odin blickt ihm reglos nach und lächelt.
Aber plötzlich wendet er sein Antlitz –:
Zage Schritte auf den weißen Stufen,
Auf der Mauerbrüstung tastend eine
Blasse Hand, und eine bange Stimme:
»Odin, warum weichest du vom Feste?
Odin, warum suchest du das Dunkel?
Bannt auch dir der Jubel nicht die Trauer,
Scheuchen dir auch nicht die hellen Fackeln
Böse Träume aus den dumpfen Sinnen?«

Odin, unbeweglich, spricht die Worte:
»Spähest du nach meinen Spuren, Freia?
Lauschest du, nach niedrer Weiber Sitte,
In des Dunkels truggewirktem Mantel?
Nimmer kenn ich dich, du stolze Fürstin,
Schleichend auf der Neugier krummen Pfaden.«

Nieder an des Brunnens kalter Mauer
Sinkt das hohe Weib und schlägt die blassen
Hände vor die tränenfeuchten Augen.
»Freia spähet nicht nach Odins Schritten,
Freia lauschet nicht nach dem Geheimnis,
Das ihr König und Gemahl bewahret.
Eine arme, angstgequälte Mutter
Fliehet aus dem Jubel in die Stille,
Zittert unterm Schatten dunkler Ahnung.
Träume haben mir die Nacht zerstöret,

Träume mir den lichten Tag vergiftet.
Balder schaut ich, meinen Schmerzgebornen,
Langsam aus der Ferne zu mir schreiten,
Wie von Feuer einen Kranz im Haare,
Weiße Blumen in den Händen tragend.
Rufen wollt ich seinen lieben Namen,
Doch mir war die Kehle kalt umschlungen
Wie von einer Eishand harten Griffen.
Näher schritt er, aber seine Augen
Glitten weit an mir vorbei und sahen
Seine Mutter nicht im Staub des Weges;
Leise legt er nur die beiden Hände
Auf sein Herz, und sieh, die weißen Blumen
Wurden rot von sickernd warmem Blute.
Also schritt er groß an mir vorüber,
Stummes Lächeln auf den blassen Lippen,
Aber hinter ihm in langem Zuge
Folgten Tausende und aber Tausend,
Alle auf den Lippen Lächeln tragend
Wie von einem schönen, stillen Wunder
Und die Leiber hochgereckt wie Krieger,
Doch es blitzten keine blanken Waffen
Und es hallten keine hellen Schilde,
Arm und schmucklos waren die Gewänder,
Hart die Hände wie von Knechtearbeit.
Schreien wollt ich wieder, wollte rufen,
Flehen, daß er mich vom Boden hebe,
Aber meine Arme trugen Fesseln,
Meine Kniee hielt der Staub umklammert,
Und mein Mund war starrer Stein geworden.«

Leise weint des Brunnens Lied im Dunkel,
Leise klagt der Mutter einsam Schluchzen
Durch die Nacht und durch die dumpfe Stille.
Und die Sterne hören auf zu klingen,
Schimmern matt am mitternächtigen Himmel
Wie auf schwarzem Leichentuche Tränen.
Aber Odin schreitet durch die leeren
Höfe nach der fackelhellen Halle,

Wirft den weiten Mantel von den Schultern,
Recket hoch sein Haupt aus allen Helden:
»Mimir, von dem Asen sollst du singen,
Der den Tod bezwungen auf der Erde!
Solche Kunde macht die Herzen mutig,
Solches Lied, das läßt die Lippen lachen:
Wenn sich Asenlist und Asenwillen
In des Schicksals steifen Trotz verbeißen.
Schenkt die Becher voll und laßt uns lauschen!

HOENIR DER TODBEZWINGER

Als abendliche Wolken, Segelbooten gleich, mit feuerfarbnen Wimpeln heimwärts glitten, über dunkle Tannenwälder, stumme Seen, die wie müde Augen auf zum lohen Himmel schauten, –

Da stand auf kahler Felsenkuppe Hönir, fellgekleidet, lauschte nieder auf des Waldes wirre Stimmen, lauschte weithin nach des Windes Liedern, horchte auf und hörte fernen Hornruf.

Und wie die Segelwolken aus dem Feuermeere, wo des Tages Flammenschiff gesunken, zu entfliehen strebten, – aber siehe: jede trug den Brand in ihrem eignen Segel, streute Funken in die klaren Fluten –, also rief das Horn in dreien langen Stößen, ferne hallend, wie ein Schrei und Stöhnen, daß die Wälder schwiegen, sich die Winde duckten und des Lebens Atem stockte in der plötzlichen und breiten Stille. Und Hönir griff mit harten Händen um den Stamm der Fichte, deren Wurzeln eng sich in des Felsens Risse schmiegten, deren Wipfel hoch sich reckte, reglos ragend in den bangen Abend.

»O Baum, an den ich manche Stunde meines armen Lebens mich gelehnt wie an den älteren und starken Bruder! Du, mein worteloser Freund, Vertrauter meiner Träume!

Von vielen Winden hin und her gezerrt, von tausend Stürmen angefaucht und nie gebeugt und nie gefällt, erfüllst du dein Geschick und lebst dein Leben.

Doch meine Seele, weicher als das gelbe Harz in deinen Wunden, schwankender als deine höchsten Zweige, preisgegeben jeder Sehnsucht, ist verzagt und ohne Hoffen.

Aus dunkeln Tagen ist erfüllt mein Blut mit Liedern, die mein Mund nicht formen kann, und in den frühen Stunden jedes Morgens wendet sich mein Auge nach der jungen Sonne, nach dem Lande, wo die Burg, die niegeschaute, meiner Väter steht im weißen Licht, mit goldnen Pforten und mit Wänden, hochgebaut aus edelsteingeschmückten Speeren. Aber unbekannt und mir verschlossen ist der Weg, und nimmer soll ich ihn betreten.

Und jeden Abend, wenn der Sonne funkensprühend Rad hinunterrollt ins Meer der Dämmerung, erschallt aus jener Tiefe dreimal fern der Ruf des Hornes, daß unruhig meine Seele wird und mich entführen will ins Dunkel.

Nach zweien Welten, siehe, reck ich weit die Arme: heimwärts nach dem lichten Morgen meiner frühen Jugend, fernehin zum Land der Tiefe und des Abends.«

Und wie er stand, mit weitgereckten Armen, aber schweigend neben ihm der hohe Baum und regungslos das Wäldermeer zu seinen Füßen, –

Da hob sich aus den Zweigen steil empor ein Adler, kreiste trägen Schwunges um den Wipfel und entflog, mit starken Schwingen rudernd, in den Glutenhimmel, gen das Land der Tiefe.

Und als die Nacht ihr Schleiertuch mit Silbernägeln hoch am Himmel spannte, stieg herab vom Felsen Hönir, wanderte von dannen durch die stillen Wälder, suchte seinen Weg zum fernen Tiefland, folgte stumm des Hornes wehem Rufen.

Und also schritt er tagelang und weilte kurze Stunden bloß im Schatten breiter Tannen, deren heimlichen Gesprächen er im Rasten lauschte, bis die Kräfte neu den jungen Körper stählten und ihn weitertrieben in die unbekannte Tiefe.

Und eines Mittags, – lichter ward der Wald und Birken säumten ihn und grüne Matten breiteten wie Teppiche sich nieder in das Tal, und Vögel sangen, –

Da traf an einem Quell er einen Wandrer, der den Stab von sich gelegt und nieder auf die Kniee sich geworfen hatte, aus dem klaren Bach zu trinken.

Und er begrüßte ihn, und ob der Wandrer gleich sein Antlitz nicht erhob, so trat er doch zu ihm und rührte seinen dunkelfaltigen Mantel, fragte nach dem Pfad ihn und nach seiner Herkunft.

Der Fremde aber, tief den Kopf geneigt, erwiderte den Gruß und sagte leis:»Ich gehe meinen Weg von Ziel zu Ziel und suche, die mich rufen.«

Und Hönir sprach:»Es klagt von einem Horn der Gruß allabendlich durch meine Wälder wie ein wegverirrtes Kind, und diesem Rufe folg ich, – welchem aber du?«

Da hob der Fremde sich vom Boden, hoch und mächtig an Gestalt, und weit umhing der schwarze Mantel seine Schultern, aber abgewandten Hauptes stand er immerdar und sprach die Worte:

»Gefährten gleichen Weges trafen sich, doch wisse, Jüngling: wer mit mir das Ziel erreichen will, an meiner Seite schreitend, ist um eines Schrittes Maß zu spät gekommen.«

Auf lachte Hönir: »Dank der Warnung, weiser Greis! Und wenn dein Durst an diesem Quell gestillt, so mach dich auf und eile deines Wegs, indessen ich mich niederwerfen will, zu kühlem Trunk und wohligem Rasten, aber wisse du: noch eh uns heut zum Abendgruß das Horn erschallt, so will ich deinen schwarzen Mantel hinter mir nicht vor der Dämmrung dunklem Kleid mehr scheiden können.«

Der Fremde, zornig mit den Schultern zuckend, sprach, – und wie ein kalter Schatten lagen seine Worte auf der morgenhellen Heide –:

»Mein Mantel selber trägt die Dämmerung in seinen Falten, aber wessen Stirn von seinem Saum berührt geworden, gehret nimmermehr nach deiner Hilfe.«

Und langsam wandte nach dem Jüngling er sein Haupt und seine blinden Augen.

Zurückgeschleudert wie von harten Fäusten wich der Jüngling hinter sich vor diesen grau erloschnen Augenhöhlen, stöhnte auf und schrie: »Im Sturmgewitter sah ich einmal eine Fichte stürzen, ästesplitternd, wurzelragend, und in ihrem letzten Zittern hört ich deine Stimme! Deine Augen, die zertretnen Lichter, grausten mir entgegen aus der Wölfin, die mein Arm an einem fahlen Wintertag zu Ende würgte!«

Der greise Wandrer schüttelte den Kopf und sprach: »Du ahnest meine Kraft – und kennst nicht meine Milde. Diese Hände, siehe, will ich hilfebringend breiten über eine heiße, müde Stirne, also daß des Hornes klagend Rufen nicht mehr wecken soll die Stille deiner Wälder. Komm und folge mir und lerne.«

Doch wie das Meer, dem trotzige Menschenhände feste Dämme, quadersteingefügt, entgegenbauen, wilder nur und trotziger die schaumgekrönten Wellen an die Mauern schleudert und in einer finstern Herbstnacht sie erstürmt und jauchzend niederreißt im Siege, –

So drang der Jüngling heftig auf den greisen Wandrer ein, ergriff des Blinden kalte Handgelenke, schlang um ihn die jugendstarken Arme, nieder ihn zu zwingen in die schwachen Kniee, aber wie ein Fels, wie eingegraben in die tiefe Erde, stand der Fremde, wankte nicht und starrte höhnend aus den toten Augenhöhlen.

Und alle Wut erwachte wild in Hönir:»Deiner Hilfe nicht, Gewaltiger, ruft das Horn, das mich aus meinen Wäldern führte, mich vergessen ließ die Sehnsucht nach dem Morgenlichte. Weise dich, du Erzgebauter, laß mich schauen die gestählten Glieder, daß ich meine letzte Kraft in sie verbeiße, – weg den nachtgewirkten Trauermantel!«

Und eines Griffes zerrt er ihm das weite, schwere Tuch vom Nacken, von den Schultern, und wie eine Eisenbrünne wuchtig fiel es in des Jünglings Arme, aber kraftlos nieder in die Kniee taumelte der Greis, erhob die schwachen Hände, wimmernd:

»Wer ist es, dem im Kampf ich unterlag, und wer beraubt mich meiner nie bezwungnen Stärke?«

Da warf um seine eignen Schultern Hönir den errafften Mantel, und ob auch die dunkle Last ihm auf dem Nacken wuchtete, so hob er lachend dennoch seine Stirne:

»Ein Jüngling ists, der keine Eltern kennt und dessen einzig Erb ein lichter Traum aus fernsten Tagen, ein verloren Schloß im Morgensonnenlichte ragend.«

Und sich zum Greise niederbeugend, bot er hilfreich ihm die Arme dar und hob ihn von der Erde auf und sagte:

»Genug der Rast und Rede; unser wartet noch der letzte Weg, denn wisse: nimmer soll die Nacht, die schlafende, vom Ruf des Hornes mehr geweckt und ruhlos werden.«

Der Greis, an seiner Seite schreitend, müd und wie von langen Wanderungen matt, ergriff die junge Hand und ließ sich führen durch die grünen Täler, aber da sie kamen zu der Menschen Siedelungen, blieb er stehen, wandte seine toten Augen nach der Seite, wo die Hütten lagen, flüsterte und fragte:

»Erblickst du nicht am Wege dichtgedrängt des Volkes Menge, die den starken Helfer grüßen kommt und ihm die Ehre bietet?«

Der Jüngling schüttelte den Kopf und sprach:»Von keinem Dache steigt der Rauch empor und niemand steht am Wege, uns zu grüßen, sondern ausgestorben scheinen Haus und Hofplatz, ungepflügt und wüst voll Unkraut liegt die Ackerscholle, darum laß uns weiter schreiten unsern stillen Gang zur Tiefe.«

Der greise Wandrer aber, hochgereckten Hauptes, winkte grüßend mit den Händen, wie ein Herrscher grüßt der Untertanen Schar, und lauschte lächelnd in die Stille, gleich als ob ihm hundertfältig Antwort wiederschallte.

Und als der Abend schon vom waldgegürteten Gebirge niederstieg ins Tal, und wo er ging, da löschte er mit leiser Hand das Licht und schloß der Blumen Augen, spannte graue Schleier aus von Baum zu Baum und baute Nebelbrücken überm silbermatten Flusse, –

Da hob im letzten Dämmerschein gewaltig sich ein Schloß, aus rotem Stein gefügt, mit wuchtig hohen Türmen, aber auf der höchsten Zinne stand der Wächter, dunkel ragend vor dem blassen Abendhimmel; seine Rechte hielt das Horn, das weiße mit den goldnen Ringen, seine Augen spähten auf und nieder durch das Tal, und seine Lippen sangen:

»O stille Nacht, die du herniedersteigst, zu breiten deine kühlen Mutterhände über diese Welt und ihre Wunden, sei uns gnädig, hebe nimmermehr dein tränenfeuchtes Angesicht von uns und laß uns ewig ruhen in dem träumelosen Schlummer, der auf unsre müden Herzen taut aus deinen dunkeln Augen.

Denn unser Auferwachen ist nur neue Qual, und jeder Morgen trägt in seinem grellen Licht das alte Stöhnen in die kampferfüllte Welt und streut aus blutigen Fäusten Jammersaaten aus zu neuer Tränenernte.

Du weißt es: unsre Schreie nahen nicht zum Ohre dessen, der die Welt gebaut in einer Unheilsstunde, – oder hat vielleicht er selber sich seit langem hingeworfen in den tiefen Schlaf, damit er sein und seines Werks vergesse? Darum du, die milde unser denkst und täglich deine leisen Schritte lenkst an unser Krankenlager, weiche nimmermehr und hör der Müden Flehen!

In dieser Burg, die Stolz und Macht gefügt und Herrscherwille aufgetürmt zum Zeichen des beschützten Landes, windet sich in harten Fiebers Fesseln ein unschuldig Kind und findet nicht zum Leben noch zum Tod den schmalen Pfad, und draußen tränken Völker mit dem warmen Blut die wüsten, von des Rosses Huf zerstampften Aecker.

Und keine Hilfe naht und keine Rettung lauscht dem Rufe meines Hornes, das die Ferne aufscheucht, – darum lausche du, o milde Mutter von uns allen, meinen Worten, meiner letzten, müden Bitte: segne du das kranke Königskind, die schuldverstrickten Völker, diese blutige Erde mit dem Schlummer, der in deinen Händen ruht und welchem Traum nicht noch Erwachen folgen; lösche du auf immer Licht und Leiden, banne Fluch und Flamme, senke über uns die Ruhe deiner Augen!«

Doch als der Wächter nun das weiße Horn erhob, es weit hinauszuschleudern in den tiefen Fluß, begann es leis zu klingen, lauter dann und heftiger und ward ein Jubelsang und dröhnte voll und mächtig, wie in alten Zeiten, da der König, heimwärtskehrend aus der Schlacht, von Sieg gekrönt, es jauchzend schallen ließ durch Berg und Tal, und ward so wild sein Lied und ungestüm, daß es zerbarst und seine goldnen Ringe sprangen.

Der graue Wächter eilte freudezitternd nieder von dem Turm die enge Stiege, aber siehe: in den dunkeln Gängen traf er Lärm und Laufen, Fackelschein durchzuckte die Gemächer, laute Rufe schollen, wo die Stille lang gewaltet hatte und auf weichen Teppichen der hoffnungslose Schritt gedämpft verklungen war. Und in dem Saale, an der jungen Königstochter Lagerstätte, stand der fremde Jüngling, schlug zurück den Mantel von den Schultern, breitete die Arme aus und beugte sich herab zum kranken Kinde, hob den fieberheißen Leib mit seinen starken Händen aus den Linnen, hob ihn leicht empor und schloß ihn schützend eng an seine eigne Brust und sagte:

»Von meinem Leben geb ich dir; du sollst gesunden.«

Und klar und staunend öffneten der Königstochter Augen sich und schauten auf den Mann im Fellgewand und schattendunkeln Mantel, schauten auf die Krieger, die vor ihr die Kniee beugten, auf die Fackeln, die sich langsam niedersenkten, aber plötzlich schmiegte schaudernd sie ihr Antlitz in des Jünglings Hände, flüsterte und sagte:

»Noch immer steht er dort und will nicht weichen, wendet nicht von mir die toten Blicke, die mir Tag und Nacht wie stumpfe Dolche in dem Herzen wühlten.«

Da hob der Jüngling seinen Arm und hieß den greisen Wandrer gehen, aber scheu vor seinem zögernd leisen Schritte wichen alle, bis er schattenlos, mit vorgereckten Händen an der Mauer tastend, in den dunkeln Gängen, in der Nacht verschwunden.

Zu jener Stunde aber huldigten die Krieger Hönir, ihrem jungen König, reichten aus der Halle ihm das Schwert, das alte, blitzende, und baten ihn, vor ihnen es zu schwingen gegen Feindesmacht und Ueberfall, die Land und Volk verwüstet und zertreten hatten. Und als der Morgen kam, – und allen schien er strahlender und reiner als ihr Aug ihn je gesehen, – da bestieg der junge Held ein ungesattelt Roß, das keinem Zügel noch gehorcht, und ritt mit seinen Mannen aus der Burg, dem Feind entgegen.

Und an dem breiten Bogenfenster stand und blickte nieder in den Hof das Königskind, und als die Reiter lang verschwunden hinterm Walde, stand es immer noch und ließ die Sonne spielen in den blassen Händen, atmete den frischen Wind und flüsterte die Worte:

»Von seinem Leben gab er mir und schenkte Sonne, Wind und alle Farben dieser Welt mir wieder, aber wehe! wann mag seine Hand nach meiner Gabe greifen?«

Und lächelnd schritt sie durch die weiten Säle, alles wieder kennend, alles wieder grüßend, und von ihren Lippen flog ein Lied, wie wenn ein Vogel fliegt aus langer Haft, so ängstlich erst und zagend, aber heller bald und lauter und hinaus mit kühnem Schwingenschlage durch das Bogenfenster in die Sonne. –

Zur selben Stunde aber scholl die Ebene von Schlachtgetöse, Schilder klirrten wuchtigen Pralles aufeinander, Schwerter kreischten, und die Pfeile flogen dicht wie Hagel auf die Eisenbrünnen, also daß die Sonne sich verdunkelte am hohen Mittag.

Und allen weit voran auf seinem Rosse sprengte Hönir in der Feinde Knäuel, lauten Rufes, und sein Mantel flatterte, wie schwarze Wolken, sturmwindaufgewirbelt, vor den Bergen rasen, und sein Schwerthieb zuckte blitzend durch das Dunkel.

Und schreckgeschlagen wichen aus dem Feld die Feinde, spornten ihre Rosse zu gehetzter Flucht, und unter ihnen wütete das Schwert der Sieger, wie die Sense rastlos niedermäht im sommerhohen Korn die goldne Ernte. Und dann von ihren Klingen wischten sie das klebrigrote Blut und schauten lächelnd ihre eignen Wunden, wandten die erschöpften Rosse, ritten heimwärts auf befreiter Erde.

Im letzten Abendlichte zogen sie hinauf zum Schlosse, laute Lieder singend, preisend ihren jungen König, der im dunkeln Mantel schweigend ritt und still sie grüßte, als sie ihn geleiteten in seine ferngelegenen Gemächer. Und die ganze Nacht erklang die Burg von ihren siegesfrohen Sängen wider, doch die Königstochter, lauschend nach den Stimmen und den lauten Reden, hörte, wie die Saitenspieler von dem fremden Helden sangen, hörte hundertfältig seinen stolzen Namen rufen, aber hörte nicht, wie sehr sie lauschte, seine eigne Stimme, die ihr lichter schien als Saitenklang und Heldensage. –

Und jenem Tag des Sieges folgten hunderte des Friedens, reiche Tage, da die Saat geworfen ward von nimmermüden Händen, da die Halme lanzengleich sich auf zum Himmel reckten, da die Sense jubelnd in der silberklaren Morgenfrühe sang der Reife Lied und sich die Scheunen füllten.

Und wo der junge König schritt in seinen Landen, wiesen stolze Männer ihm die neugebauten Höfe, hoben ihm entgegen frohe Mütter ihre kleinen Kinder, baten ihn, zu legen seine Hände über der Unmündigen Häupter.

Die Königstochter, wenn ihr Kunde ward von seinem segenreichen Wirken, lächelte mit ihrem Munde, aber tief im Herzen seufzte sie und hätte gerne sich an seinem Wege hingestellt, inmitten des geringsten Volkes, um von ihm ein Wort, ein einziges, vielleicht zu hören.

Und still in ihrer Kammer, wenn die Nacht mit leisem Finger an die Fenster pochte, weinte sie und flüsterte:»Warum zum Leben hast du wieder mich erweckt, so es nur war, mir diese Qual zu schenken? Jeder, dem du wohlgetan und der vor allem Volk und laut nun deinen Namen rufen darf, – mit Freude bringt er dir, was wertvoll ihm und deiner würdig scheinet, aber ich auf meinen schwachen Händen reiche Tag um Tag dir hin mein eigen Leben, und du siehst es nicht und schreitest still vorüber, stiller als die Nacht, die vor den Mauern meinen Klagen einzig lauschet.« –

Im Rausch des Herbstes glühten, Freudenfeuern gleich, die Wälder, aber harten Fußes löschte sie der Winter, zerrte aus den schwanken Aesten die zerfetzten, farbenfrohen Wimpel, schlug das Land in eisige, starre Fesseln.

Und eine Seuche warf sich wütend übers Volk, gefräßig schleichend wie ein Untier durch das kalte Dunkel, also daß die Häuser hallten vom Gestöhn der Kranken, – aber siehe: keiner starb, so sehr auch alle litten.

Der junge König ritt allein von Haus zu Haus, und war kein Lager ihm zu dürftig, keine Tür zu nieder, ihm kein Pfad, vom Schnee verschüttet, je zu mühsam, – ungerufen trat er an die Krankenstätte, atmete die giftverseuchte Luft und legte seine Hände auf der Siechen Körper. Doch wo unter seinen Augen neues Hoffen zag erstarkte, ward ihm neue Trauerkunde, riß ihn ruhelos an andre Stätten, und sobald von seinem Rosse der Genesende nicht mehr vernahm den raschen Hufschlag, sank er seufzend wiederum zurück und barg sich wimmernd in dem heißen Arm der Seuche. Und auch zur Königstochter trat der fremde Gast und nahm sie leise bei der Hand, und willig wie ein Kind gehorchte sie, vom langen, hoffnungslosen Widerstand ermüdet, aber als an einem Abend Hönir heimwärts kehrte und vernahm die neue Botschaft, sank er nieder auf die Erde, grub das Haupt in seine Hände, weinend über seines Willens tiefe Ohnmacht.

Und graue Tage schritten manche durch das Land und schauten stumm hinauf zum roten Schloß und schwanden wieder in die Wälder, sich zu bergen vor der sternelosen Nacht, und keiner sah den jungen König, keiner hörte seine Stimme mehr im hohen Saale klingen. Aber draußen, auf verschneiten Pfaden, wandelte ein blinder, schwacher Greis und ging von Haus zu Haus und bat um eine Gabe.

Und wo sein Stab an eine Türe pochte, fand er Not und Kümmernis, und wo er dankend sich entfernte, sprach er zaudernd:

»Warum, wenn euch der fremde Jüngling einmal helfen konnte, kann ers nimmer jetzt und läßt euch also leiden? Hört ich nicht erzählen, daß, wer seines Mantels Saum berührt, von aller Qual gesunde? Aber diesen, denk ich, trägt er nimmermehr und hat ihn wohl verborgen oder gar vernichtet.«

Und eines Morgens, – träge sickerte das dumpfe Licht hernieder aus den schweren, schneebeladnen Wolken, – siehe, welch ein dunkler Zug bewegt sich langsam auf der weißen Straße hin zum Schlosse, drängt sich breit und schiebend durch das Tor, erfüllt den stillen Hof und nun die hohen Gänge? Sind es Krieger, ihrem Könige Gruß zu bieten, sind es tatenfrohe Männer, die dem Helden rufen, sie zu führen in die unbekannte Ferne unter seinem sieggewohnten Schwerte?

Gebeugte sind es, schwache Greise, die an Stäben tasten, welke Frauen, die auf müden Armen fieberkranke Kinder tragen, blasse Knaben, schmerzgequälte Männer führend, und dem König bringen sie nicht Gruß und Ehre, – bringen ihm ihr stöhnend Leid und ihres Unglücks Fülle.

Und auf den Helden schauten tausend gramgehöhlte Augen, ihm entgegen reckten tausend Arme zitternd sich, und wie ein Meer umwogt ihn heiß der Seuche Atem, brandete an ihm empor die wilde Gier nach Hilfe.

Er aber, hoch und mächtig, neigte nur sein Haupt und barg es in den mitternächtigen Falten seines weiten Mantels.

Ein geller Schrei: »Er trägt den Mantel, wie am ersten Tag!« – und näher wälzte sich die Flut an seine Füße, heiße Hände griffen flehend nach dem wallenden Gewande, und er wich erschrocken einen Schritt zurück, die Falten raffend.

Da tat sich unter ihnen eine schmale Gasse auf, und siehe: aus der siechen Leiber enggedrängter Schar, mit schwanken Schritten, wie im Traume wandelnd, trat die kranke Königstochter, und ob ihre Stirne auch vom gleichen Leid gezeichnet wie der andern Stirnen, war ihr Auge ruhig doch und schaute ohne Beben, sondern wie in tiefem Glücke lächelnd auf den jungen König.

Und ihre Lippen sprachen: »Der du aus der Ferne deinen Schritt zu uns gelenkt und unser Retter wurdest, sei bedankt dafür, du schenktest uns das Leben. Aber nun, du unbekannter Mächtiger, begehren wir ein Neues, Größeres von dir; erzittre nicht und schenke uns den Tod und sei gepriesen!«

Und nieder sank sie, daß die zarten Kniee auf den steinern harten Boden schlugen, faßte mit den beiden weißen Händen nach dem Saum des dunkeln Mantels, hob ihn leise, aufwärts schauend in des Helden Antlitz, bis ihr hüllend das Gewand bedeckte Stirn und Augen.

Und breitete die Arme aus und lag wie eine frischgebrochene Blume auf den kalten, harten Fliesen.

Da, jäh sich niederbeugend nach dem toten, blassen Leibe, schleuderte von seinen Schultern Hönir das Gewand, und siehe: hinter ihm, gewaltig, stand der blinde Greis und warf mit weitem Schwung um seinen eignen Nacken stolz den Mantel wieder, hob die hagern Arme, reckte grüßend seine Hände nach dem stummen Volke:

»Zu mir, zu mir, die ihr nach Ruhe schreit und nimmer auf den wunden Schultern schleppen könnt des Lebens Bürde!

Doch du, dem dieses Mantels Last zu schwer geworden, weiche, denn auf deine Stirne senkt er kein Vergessen nieder, kehre wieder in die stillen Wälder, suche du den Weg nach deinem Vatererbe, deinem Traum aus fernen Kindheitstagen, bringe Kunde denen, die im Schloß des Morgenlichtes hausen, bringe Kunde ihnen von der Menschen Schicksal, das auch du zu lösen allzu schwach gewesen, bringe Kunde jenem, der die Welt geschaffen, Trauerkunde aus dem Land der Tiefe!«

SIEBENTE NACHT

Wie ein Silberband in weiten Schwingen
Schimmert aus den waldbewachsnen Hängen
Und den Triften mit den tausend Blumen
Blank der Weg im Licht der Abendsonne.
Erst bedächtig steigt er langsam nieder,
Rückwärts grüßend nach den stolzen Mauern,
Und ihm geben stumm die alten Eichen
Würdiges Geleite, aber fröhlich
Bricht er aus dem kühlen, stillen Schatten
In die farbenjubelnden und lauten
Matten, die von Sonnenküssen duften
Und in klaren Sprudelbächen murmeln
Und mit blau und roten Glocken läuten,
Wenn der Bergwind lachend blasse Wolken
Von den Jochen jagt wie scheue Vögel;
Und er tollt verwegen sichern Sprunges
An den steilen Wänden dunkler Schluchten,
Hoch an sonnige Felsen festgeklammert,
Unter sich der Wasserstürze Wirbel,
Die mit feuchtem Staube ihn besprühen,
Und er birgt sich in dem Tannenforste,
Wo die Stille seine Schritte dämpfet, –
Da gedenkt er einmal noch der Berge,
Einmal noch der Burg im Sonnenlichte,
Und er zaudert eine kurze Weile
Und er zittert in dem tiefen Schweigen,
Das wie Mauern drohend ihn umraget,
Dann enteilt er schnell dem dunkeln Tore,
Atemlos, und weit vor seinen Füßen
Liegt der Menschen Erde, fremd und lieblich,
Und es winken bleiche, schlanke Birken
Und sie lächeln und sie flüstern leise:
»Kommt er heute, Balder, aller Liebling?«

Und die Eschen und die Haselbüsche,
Wilde Blumen unter magern Halmen,

Grau Gestein und blasse Heckenrosen,
Alle drängen sich heran zum Wege,
Wollen gierig seiner Kunde lauschen.
Und geschwätzig ruht er eine Weile
Und vertraulich redet er zu ihnen:
»Vieles hört ich droben vor dem Schlosse
Und nicht alles kann ich euch erzählen,
Aber dieses mögt ihr gern vernehmen:
Nimmer wird der blonde Liebling kommen,
Nimmer läßt ihn Odin von sich ziehen,
Seinen jüngsten Sohn, ins Land der Tiefe,
Will ihn fesseln mit den stärksten Banden,
Will ihn bannen mit dem letzten Spruche,
Will ihn töten mit der eignen Waffe.
Alle Asen hat sein Wort versammelt
Vor der Burg zum heiligen Frühlingsopfer,
Jeder soll die eigne Hand erheben
Gegen ihn, den alle, alle lieben, –
Also wollen sie dem Tod ihn geben
Für die Spanne eines kurzen Tages,
Wollen ihm die kranke Sehnsucht töten,
Daß er wieder lebe mit den andern,
Daß der Asensohn auf Asgard weile.«

Traurig schütteln alle wilden Blumen
Ihre windzerzausten Köpfe, traurig
Neigen tief die Halme ihre Nacken,
Und die Heckenrosen flüstern leise:
»Als die Ersten wollten wir ihn grüßen,
Als die Ersten seinen Einzug segnen
Oder doch, wenn er uns nicht beachtet,
Uns erfreun an seinen klaren Augen.
Aber weh, umsonst war unser Blühen,
Und wie Tausende von unsern Schwestern
Liegen morgen wir im grauen Staube,
Nicht einmal von seinem Fuß zertreten,
Nicht gestreift von seinem weißen Mantel.«

Aber lachend rufen laut die Eschen

Und sie schütteln ihre schwanken Zweige:
»Reise weiter, Weg, mit deinen Mären!
Andre mögen deine Weisheit glauben,
Die du wie ein Krämer feilgeboten,
Tand und Flitter preisend als Geschmeide.
Wisse du: aus edlem Eschenstamme
Ward einst Odins schneller Speer geschnitten,
Und es dorren eher auf der Erde
Alle Eschen hin in einer Stunde,
Als daß jenes Holz die Spitze bohre
In den Leib des blonden Asensohnes;
Jäh im Wurfe wird die Waffe stocken,
Wenn nach jenem Ziel ihr Herr sie sendet.
Also trägt, wer vor den Toren lauschet,
Die erstohlne Kunde in die Ferne,
Er hat schlecht gehört und falsch verstanden!«

Und die Steine poltern plumpes Lachen
Aus den grauen, furchigen Gesichtern:
»Alter Schwätzer, troll dich deines Weges!
Deinem Staube magst du solches bieten
Und dem Sand am Meer, dem windgescheuchten,
Welcher jedem Lüftchen lauscht und folget,
Aber keinem ehrlich harten Felsblock!
Aus des Berges Herz hat seinen Hammer
Tor geschnitzt, und eher stürzen alle
Die Gebirge schwach in Staub zusammen,
Als daß jene Waffe Wunden schlage
In die Stirn des blondgelockten Jünglings.
Andre Kunde ist uns heut geworden
Als die Trauermär aus deinem Munde,
Und du bist es nimmer wert, daß Balder
Je auf deinen staubigen Spuren schreite.
Troll dich weiter nur, du loser Schwätzer!«

Und der Weg in stolzer Stille schreitet
Gradeaus und mitten durchs Gefilde,
Schaut nicht um und blinzelt nicht zur Seite,
Aber murmelt leise vor sich nieder:

»Also leben die armseligen Wesen,
Diese Blumen, diese Haselhecken,
Diese groben Steine und die Halme, –
Leben bettelhaft ihr ganzes Leben
Auf dem gleichen Fleck und von der einen,
Blassen Hoffnung. Wag es, in die Ferne
Sie zu locken oder zu belehren!
Für das eine zahlen sie mit schnödem
Undank und verkümmern dir vor Sehnsucht,
Für das andre lohnen sie mit Schmähen
Und verstocken sich in ihren Träumen.
Armes Volk, das nie die Welt gesehen,
Armes Pack, – wie eng ist solch ein Dasein!«

Doch die Birken und die Heckenrosen
Recken wieder sich und spähen aufwärts
Nach dem dunkeln Tannenforst, aus dem er
Groß und strahlend schreiten wird zu ihnen,
Er, den alle lieben und erharren,
Er, vor dem sie alles Leid verschweigen,
Alle Not und Pein verhüllen wollen,
Er, den Wasser nicht und Stein und Eisen
Und kein Holz verletzen wird am Leibe. –

Langsam pflügt das Sonnenschiff die Wellen
Des erblassend blauen Himmelmeeres,
Und von seinen stolzen Masten schimmern
Feuerrote Wimpel, und vom Decke
Leuchtet greller Glanz als wie von Schilden,
Leuchtet weit hinaus und färbt die Wogen,
Daß sie dampfen wie von warmem Blute;
Doch das Schiff mit breiten Segeln gleitet
Ruhig vorwärts zu den weißen Küsten,
Die vom Widerschein gerötet glühen,
Und gewinnt mit sicherm Kiel die stille,
Tiefe Bucht der starren, fernen Berge.

Und das Asenvolk, auf grüner Heide
Vor der Burg versammelt, schaut das Schauspiel.
Schon geschichtet zu dem letzten Brande

Ragen von den sieben Felsen dunkel
In die Luft die hochgetürmten Stöße.
Und sie harren auf das Wort des Königs
Und sie spähen nach den Toren Asgards.
Nieder auf der breiten Treppe steigen
In den Burghof Odin mit dem Speere
Und gebeugt der greise Wane Mimir.
Odins Auge mißt des Volkes Menge
Und er sucht den Sohn, den Letztgebornen,
Den er senden soll in weite Ferne,
Den ihm rauben will das dunkle Schicksal,
Und er hebt auf steilem Nacken trotzig
Sein gefurchtes, weißes Haupt und lächelt.
Aber Mimir plötzlich hemmt die Schritte,
Legt die Hand auf Odins Arm und murmelt:
»Hörst du nicht das Traben ferner Rosse,
Raschen Hufschlag, schlachtfeldlüstern Schnauben?
Schon zum drittenmal am heutigen Tage
Ist mein Herz vor diesem Laut erschrocken,
Und mein Auge starrt in tiefes Dunkel.
In des Frühlingsfestes sechs versunknen
Tagen hab ich Asgards Ruhm gesungen,
Doch die siebente der heiligen Nächte,
Welche drohend aus der Tiefe steiget,
Wird aus ihrem finstern Schoß gebären
Eine Tat, die du und ich nicht ahnen
Und die du und ich nicht künden werden.
Harter Huf erklirrt, und Rossesnüstern
Schnauben gierig, und der Himmel blutet, –
Doch mein Auge starrt in tiefes Dunkel,
Meine Hände tasten Todesstille –.«

Aber Odin, langsam weiterschreitend,
Murmelt leise aus den harten Lippen:
»Schicksals Hufschlag dröhnt dir in die Ohren,
Aber schneller als sein plumper Fausthieb,
Der mir meinen Liebling will entführen,
Soll der flinke Pfeil die Luft durchschwirren,

Welchen Asenlist dem Unhold sendet.
Und ob diesem Klang und diesem Sange
Soll dein altes Herz in Jubel zittern,
Und von dieser Tat, die Odin schmiedet,
Der des Schicksals Macht mit List bezwinget,
Sollst du manchen Frühling noch uns singen!«

Und sie schreiten durch die breite Gasse,
Die das Volk dem Herrn und König öffnet,
Und sie treten zu der breiten Eiche
In den Schatten der gewaltigen Aeste,
Und nachdem das Volk den Ring geschlossen,
Hebet Odin hoch die speerbewehrte
Rechte und gebietet allen Ruhe:

»Letzter Tag des heiligen Frühlingsfestes
Neigt sich müde in den Schoß des Abends,
Letzte Nacht der sieben Asennächte
Wird erstrahlen von den Freudenfackeln.
Und die Flammen, die zum Himmel brennen,
Weisen weit hinaus den Weg dem Wandrer,
Welchen Asgard in die Ferne sendet.
Eignen Pfad hat sich sein Stolz bemessen,
Eigne Wehr hat sich sein Mut erkoren:
Pfad der Sehnsucht, Wehr des reinen Willens.
Balder, du mein Sohn und aller Liebling,
Tritt hervor aus der Gefährten Kreise,
Der sich flehend um dich schlingen möchte,
Tritt hervor, daß dich dein Vater weihe
Zu dem Werk und daß wir alle schenken
Deinem Schritt den starken Wandersegen!«

Und aus Lokis Freundesarmen löst sich
Balder und durchbricht die engen Reihen,
Tritt vor seinen Herrn und Vater Odin, –
Aber sieh, vor seinen Füßen hebt sich
Aus der Erde eine schlanke Blume,
Leuchtend mit den goldnen, zarten Blüten
Wie im Wind ein steiles, schwankes Flämmlein.
Und er beugt die Kniee, senkt sich nieder,

Legt die beiden Hände schützend auf sie
Und er spricht zu ihr mit lauten Lippen:
»Ja, ich komme, ja, ich hör euch rufen,
Ihr Geringsten unter allen Schwachen,
Ja, ich will auf meinen eignen Schultern
Eure Lasten vor den Großen schleppen,
Will auf meinen Lippen eure Klagen
Und in meinen Augen eure Aengste
Vor ihn tragen, der euch hieß zu leben.
Weilen will ich dort, wo Sicheln singen,
Lauschen, wo die Bäume ächzend fallen,
Wo der Schnee das kalte Grabmal türmet,
Wo der Hunger wirkt und Seuche mordet,
Lauschen will ich jedem Sterbelaute,
Jedem Tiergestöhn und Menschenweinen
Und der stummen Klage in der Stille,
Und ich will, des Lebens Knecht und Bote,
Als ein Schrei zu ihm, dem Schöpfer, dringen.«

Und er hebt sich langsam von der Erde
Und er blickt aus seinen klaren Augen
Auf den Vater, aber Odin mächtig
Spricht zu ihm und allem Volk die Worte:
»Nicht als Knecht und als Geringster ziehet
Asgards jüngster Sohn ins weite Leben, –
Du bist Herr, und wo dein Antlitz strahlet,
Neigt sich alles, – neigt sich Odins Waffe
Selber, der sich alle Dinge beugen.«
Und mit weitem Sprunge rückwärts tretend
In den Ring des Volkes, schwingt er federnd
In der Faust den Speer, das Ziel bemessend,
Und entsendet ihn, – die Luft erklirret
Von dem schrillen Sausen des Geschosses –,
Aber jäh vor Balders Brust erzittert
Der beschwingte Schaft und bebt die giere
Eisenspitze und die Wucht erstarret –,
Nieder sinkt der Speer und rollt im Grase
Weich vor Balders Fuß, noch leise klagend,

Wie ein Hund. der seinem Herren schmeichelt.
Jubelschrei entbricht dem Ring des Volkes:
»Balder lebt! Ihn rühret keine Waffe!
Odins Spruch ist seinem Leibe Panzer,
Jedes Ding ist seinem Leben dienstbar!«
Und sie brechen Zweige von den Bäumen,
Brechen Blumen auf der farbigen Heide,
Werfen sie aus schwachen Mädchenhänden,
Schleudern sie aus derben Knabenfäusten;
Männer spannen lachend ihre Bogen,
Pfeile schwirren jauchzend von den Sehnen,
Wuchtig wirbelt Thors gewaltiger Hammer
Durch die Luft – und stockt – und torkelt nieder,
Handbreit vor der blondgelockten Stirne,
Knickt im plumpen Fall die matten Pfeile,
Bettet faul sich in dem dichten Grase.
Aber jede Blume ist ein Jubel
Durch die froh bewegte Luft des Abends,
Legt sich kosend auf des Jünglings Schulter,
Schmiegt sich an die Wangen, in die Locken,
Rundet um die Stirne sich zum Kranze.

Also steht im Ring des Volkes Balder,
Blütenübersät, zerbrochne Waffen
Vor den Füßen, und die Eiche recket
Weithin über ihn die alten Arme, –
Aber Trauer füllt die klaren Augen,
Und die Lippen beben wehen Schmerzes.

Odin lachend ruft mit lauter Stimme:
»Auf! Nun laßt die Freudenfeuer lodern!
Laßt sie weit hinaus die Kunde tragen
Von der Asen ungebrochnem Willen,
Von der unbesiegten Herrschaft Odins.
Denn gefeit vor allem Leid und Sterben
Wandert Balder auf des Lebens Pfaden,
Und kein dunkles Schicksal wird die Hände
Je, die tückischen, nach seinem Scheitel
Gierig recken, allsolang auf Asgard

Meiner Faust der Wille nicht entgleitet.«

Da entringt sich Balders Mund ein Stöhnen
Und, die Arme auf der Brust verschränkend,
Spricht er laut zu Odin und den Asen:
»König, daß du deine Helden schonest,
Wenn sie ziehn in deinem Herrendienste,
Wenn sie reiten gegen deine Feinde,
Dieses ist dein Recht, und List ist Stärke.
Aber Vater, daß du zauberkräftig
Deinen Sohn in Waffen zwingst der Schande,
Mit dem Schild der Schmach den Leib ihm deckest,
Vor ihm sendest Boten des Betruges,
Hinter ihm von Feigheit ein Gefolge –,
Also zog noch nie aus Asgards Mauern
In die Ferne tatenfroh ein Ase.
Welch ein königlich und hehr Geleite!
Seiner wird in späten Frühlingsfesten
Sich der Sänger lachend noch erinnern
Und von Balder singen vor den Kriegern,
Wenn sie aus dem Rausch nach Kurzweil brüllen! –
O ihr Blumen, die ich also liebe,
Wollt ihr stumm mit Lüge mich bekränzen?
Nimmer hör ich eure stille Sprache,
Eure klaren Augen sind geschlossen,
Euer Duft erlosch, und eure Blätter
Sperren mir wie zarte Hände wehrend
Jeden Weg zu eures Lebens Herzschlag.
Ausgestoßen bin ich wie ein Fremdling,
Der im Abendlicht die Stadt betreten
Und durch unbekannte, finstre Gassen
Einsam irrt und dessen Faust vergeblich
An die harten Mauern pocht, und keine
Pforte öffnet sich, ihn einzulassen.
Also fühl ich, wie mein Blut erkaltet,
Fremd und fremder wird mir alles Leben,
Ewig lächelnde und tote Fratze.
Brüder, Freunde, hasset ihr mich alle?
Ist da keiner, dem das Herz erbebet,

Der den Zauber brechen kann, den starren?
Loki, du, Vertrauter meiner Sehnsucht,
Asenfeind, in dem die Rache brütet,
Hebe deine Hand und reiß die finstre
Binde mir von meinen armen Augen!
Danken will ich dirs, dem einzigen Freunde.«

Und der schwarzgelockte Wane schreitet
Zaudernd aus des Volkes Ring, doch Odins
Laute Stimme gellt:»Versuch es, Knabe,
Wenn du willst, daß deine Hand verdorre!
Laß uns schauen, ob sich etwas finde,
Das den Zauber Odins bricht, den starken!«

Aus dem Gürtel zerren Lokis Finger
Zitternd eine Flocke grau Gewölle,
Und er hebt auf hohler Hand sie wiegend
In die stille Luft:»Erkennst dus, Balder?
Schicksal spinnt daraus den Lebensfaden,
Webt das Totenhemd der Menschenseele.
Selber hast dus aus der dunkeln Tiefe
In der Asen stolze Burg getragen,
In das Frühlingsfest der Weltenherrscher, –
Nimm es wieder, daß es deinem Sehnen
Die geheimsten, stillen Wege weise.
Schau die Hand, o Balder –: nun ist alles
Zage Zittern von ihr abgefallen,
Und sie öffnet weit und hoch dem Freunde
Das verschlossne, schwarze Tor des Todes.«

Und er wirft die Flocke, und sie flattert
Wie ein grauer Vogel durch die Dämmrung,
Taumelt blind auf Balders Herz hernieder.
Und der blonde Ase hebt die Arme,
Und die Augen leuchten auf wie Sonnen,
Seine Lippen rufen laut:»Ich schaue –,
Schaue weite Wege und die Freiheit!«
Und nun brechen seine jungen Kniee –.

Windgeheul durchkreischt die Todesstille,
Tief im Marke stöhnt die graue Eiche,

Schreiend aus den aufgepeitschten Aesten
Heben sich die Adler und entfliehen
Wilden Flügelschlages in die Weite.

Sieben Feuer fahren prasselnd aufwärts,
Gluten speiend in das Sturmgewölke,
Dumpf erdröhnt die Luft von Rosseshufen,
Und es ducken sich die dunkeln Wälder.

Gell ein Ruf:»Wer sind die schwarzen Reiter,
Rasend auf der Regenbogenbrücke?«
Jauchzend gibt und lachend Loki Antwort:
»Wanen sind es, meine starken Brüder,
Brausend über die geschwungne Brücke!
Höret ihr der schnellen Rosse Schnauben?
Unter ihren silberblanken Hufen
Beuget sich der schwanke Strahlenbogen
Und zerbirst und bröckelt hinter ihnen.
Fackeln schwingen sie in ihren Fäusten –
Asgard brennt! – O herrlich Frühlingsfeuer –
Hierher Wanen, hierher, meine Brüder!
Loki ruft euch. Dieses ist die Stunde –«

Sausend bricht ihn Thors ergrimmter Hammer,
Und sein Mund verstummt. – Geheul der Schwerter,
Prall der Schilde, Pfeilgeklirr und Stöhnen,
Schlachtruf würgt sich wild aus wunder Kehle,
Weißer Scheitel klafft und färbt sich blutrot,
Roßhuf stampft auf matt gereckte Arme,
Feuer springen gierig auf und stürzen
Jäh zusammen, – aber groß und schweigend
Steht die Nacht vor sternelosem Himmel,
Beugt sich lauschend nieder zu dem letzten
Wimmern und erwürgts mit kalten Händen.

AUSKLANG

Durch des Felsentores dunkeln Bogen
Schreitet Balder in das Tal der Stille,
Leises Lächeln auf den blassen Lippen.
Grau Gestein umragt die öde Straße,
Türmt sich nackt empor zum grauen Himmel,
Und in lautlos müden Wirbeln wälzet
Breit und träg der Fluß die grauen Wellen.
Keine Tanne säumt die kahlen Ufer
Und kein Halm entsprießt den glatten Mauern,
Keines Vogels Schrei durchbricht der Stille
Dumpfe Schwere, nur im Staub des Pfades
Künden Spuren, die kein Wind verwischet,
In der toten Zeichen stummer Sprache
Von den tausend hoffnungslosen Schritten,
Welche diesen letzten Weg gegangen.

Balder wandert. Seine Augen spähen
Auf zum Himmel und den grauen Wolken,
Ob die Nacht das fahle Licht nicht lösche,
Ob kein Stern von hohem Felsen blinke
Und kein Wind die Nebelschwaden scheuche.
Und er wandert weiter, Stund um Stunde,
Weiter mit dem trägen, trüben Flusse,
Weiter an den starren, steilen Felsen,
Und kein Morgenlicht und keine Sonne
Sickert nieder in die graue Oede,
Selbst der Schatten ist von ihm gewichen,
Alle Zeit in Ewigkeit zerfallen,
Tag und Nacht gelöst in ewige Dämmrung. –

Müd am Wegrand kauern zwei Gestalten,
Mann und Weib, und heben leis ihr Antlitz
Von den matten Knieen auf zum Wandrer,
Menschenantlitz, wie ein Buch des Leidens,
Von erbarmungsloser Hand geschrieben,

Mit des Schicksals harter Faust gezeichnet.
Und der Alte spricht in tiefem Staunen:
»Früh am Tage bist du aufgebrochen
Zu der fernen Reise, die wir andern
Spät am Abend erst begonnen haben.
Darum, siehe, sind wir müd geworden
Unter diesem bleigrau harten Himmel,
Und ich weiß nicht, sind wir Jahr und Tage
Oder Stunden nur vielleicht gegangen,
Und ich weiß nicht, wo das Ziel uns wartet,
Da wir uns zum Schlafe legen dürfen.
Schau die Hände an –: sie wollen ruhen;
Unser Leib ist welk wie Laub im Herbste
Und er folgte gern dem leisen Rufe,
Der ihn löste von des Lebens Mühsal.
Aber du, den Jugend schmückt und Stärke,
Warum gehst auch du den Pfad des Todes?
Dich hat seine Hand zu früh getroffen,
Eines Blinden Hand, die dunkel tastet.«

Aber lächelnd beugt sich Balder nieder
Und mit seinen starken Armen hebt er
Aus dem Staub die müden Wandrer beide,
Und sie schreiten alle langsam weiter,
Wortlos durch die große, graue Stille.

Da – auf einmal weicht der Fels zur Seite,
Breit vor ihnen liegt ein Sandgefilde
Bleich im blassen Licht, der Strand des Meeres.
Und die Wandrer stehn, und ihre Blicke
Gleiten suchend in die leere Weite –:
Well um Welle drängt sich ans Gestade,
Wirft vom Nacken ihre Silberkette
In den feuchten Sand und sinkt zusammen,
Aber tausend neue drängen vorwärts,
Wo die eine ihrer Last erlegen;
Ungezählt und ewig gleich entquillt es
Grauen Nebelwolken in der Ferne,
Die sich schlafend auf der Flut gelagert,

Und wie eine lange, leise Klage
Schwebt es hauchend übers bleiche Sandfeld,
Hallt es wider von den starren Klippen.

Horch –: wie süßer Sang von Silbersaiten
Leis Geriesel einer klaren Quelle,
Sprudelnd springt aus enger Felsenritze
Kühler Schimmerstrahl und sickert nieder
In des Sandes flache, glatte Schale.
Gierig recken Mann und Weib die Arme,
Knieen hin und beugen sich zur Quelle,
Schöpfen mit den hohlen Händen Labung,
Und es trinken lange ihre Lippen.
Aber Balder steht am Strand und spähet
Weit hinaus ins Spiel der grauen Wogen –
Und der Alten Hände sinken nieder,
Und sie seufzen auf und wollen sprechen
Und sie meiden eins des andern Auge
Und sie schreiten zaudernd von der Quelle.

Leise murmeln scheu des Weibes Lippen:
»Denkst auch du des Brunnens hinterm Hause,
Den du selber aus der Erde grubest?
Süß wie diese Quelle war sein Wasser –.
Möchte wissen, wer es heute trinket?«
Und der Mann verhüllt sein Antlitz schweigend.
»Denkst du auch der jungen Silberbirken,
Die im Halbring um den Brunnen standen?
Schwach wie Halme waren sie im ersten,
Harten Winter, aber rank und ragend,
Da wir sie – zum letztenmal gesehen.«
Stöhnend reckt der Mann die alten Arme.
»Und der Acker, den aus steiniger Halde
Du an manchem heißen Tag gebrochen,
Und der Wald, den wir zurückgeschoben,
Und der Bach, dem wir das Bett gegraben,
Und das Haus –, gedenkst du unsres Hauses?
Warum mußten wir es jetzt verlassen,
Jetzt, im Frühling, da die Blumen alle

In den Fenstern leuchteten und prunkten?
Eben hatte sich die Saat gehoben
Aus der Scholle, und die Linde blühte –.«

Eng verschlungen ihre müden Arme,
Kauern Mann und Weib am Ufer nieder.

Welke Wange liegt auf schwacher Schulter,
Greisenhand auf zitternd kaltem Herzen;
Ihre Augen schauen nicht die Wellen
Mit den silberfunkelnden Geschmeiden,
Ihre Ohren lauschen nicht dem Liede,
Das gedämpft die Klippen widersingen,
Lauschen nur des Herzens armer Sehnsucht,
Schauen nur des Heimwehs reiche Träume.
Und die Lippe hat den Fluch vergessen,
Segnet nur:»O hartes, hartes Leben –,
Wer dich einmal noch genießen dürfte!«
Und sie lächelt leis im letzten Wunsche. –

»Auf, ihr zagen, müden Weggefährten!
Mut! Ein Segel seh ich ferne flattern,
Seh es gleiten aus den grauen Nebeln;
Hastig, wie ein schwarzer Wasservogel,
Stößt es dunkel vorwärts durch die Wogen.«

Wie ein Fels, an den die Wellen branden,
Hochgereckt steht Balder, und sein Auge
Folgt dem Flug des schattenschnellen Seglers.
»Sei willkommen, unbekannter Färge!
Sicher steuert deine Faust und ruhig
Durchs Gewoge dieser grauen Wüste.
Hat dich unser Sehnen hergerufen
Von dem fernen Strande, den ich ahne
Und nach dem mein Herz begehrt, das müde?«

Schaukelnd legt das Boot sich an die Küste.
Schlaff am Mast hernieder sinkt das Segel,
Und der schwarze Wimpel flattert leise.
Rank am Steuer ragt der greise Färge,
Und sein Blick, so blank wie eisblau Wasser,
Grüßt in stummem Staunen Balders Augen.

»Deines Herzens Ruf hab ich vernommen,
Blonder Jüngling, durch der Wogen Brandung,
Und er hat mein immer waches Segel
Hergeführt an diese stille Küste.
Aber ahnest du, was hinter jenen
Grauen Wolkenschleiern sich verhüllet?
Keinen trug mein Boot vom fernen Strande
Je zurück, wo alle Wünsche schweigen.«

»Sind nicht alle Wünsche, die mich hielten,
Längst verstummt auf diesem stillen Wege,
Einer nach dem andern abgefallen
Wie im Herbst vom Baum die welken Blätter?
Und die beiden müden Weggefährten,
Die des Schicksals Faust auf ihrem Nacken
Wie ein hartes Joch ein langes Leben
Lang geduldet, – welche Wünsche, glaubst du,
Möchten wieder sie zurück verlocken?«

Leise lächelnd spricht der greise Färge:
»Wecke sie, die müden Weggefährten,
Heiße sie zur letzten Fahrt sich rüsten!
Hier an diesem Strande hebt des Schicksals
Faust sich von dem tiefstgebeugten Nacken,
Denn dort drüben wohnt der Schicksalslose,
Wohnen, die des Schicksals Ring geschlossen
Und erfüllt und ausgemessen haben.«

Zu den schlummernden Gefährten schreitet
Balder, legt die Hand auf ihre Schulter,
Schüttelt sie und will die Müden rufen.
Aber starren Fels umklammern staunend
Seine Finger, taub Gestein erwecken
Nimmer seine Worte aus dem Schlafe.

»Gleichen Weg wie Tausende vor ihnen
Sind auch sie durch dieses Tal gewandert,
Gleicher Schrei nach traumlos ewiger Ruhe
Stieg aus ihrer und der andern Mattheit
Steil empor und strahlte wie ein Feuer
Weisend weit voran auf dunkelm Pfade.

Aber horch –: ein letztes Wünschlein wimmert
Scheu verborgen in dem ärmsten Herzen.
Und der Mund, von aller Qual verbittert,
Beugt sich dennoch, dennoch durstig nieder
Zu der Quelle, die vom Leben singet,
Und sie trinken gierig langen Zuges
Alle Sehnsucht wieder, die sie müde
Von sich weggeworfen, alle Hoffnung,
Die der plumpe Schritt der Not zertreten,
Und sie werden groß und still vor Heimweh
Nach dem fernen, nicht erfüllten Leben,
Nach der allzu früh verlassnen Heimat.
Schaue sie, die müden Weggefährten,
Lege deine Hand an ihre kalten,
Starren Glieder, an das abgeworfne
Streitgewand der fesselfreien Seele:
Schon zerbröckelt es in Staub und mischt sich
Mit dem Sand des totenstillen Strandes.
Auf den Schwingen ihrer Sehnsucht aber
Schwebt dem neuen Schicksal zu die Seele,
Letzter Wunsch ist neuer Ernte Saatkorn,
Schlüssel zu dem Tor des neuen Lebens.«

Unbekanntes Lied durchflutet Balder
Dunkler Sang von nie geahnter Süße,
Tausendstimmig und ein einziger Wohlklang.
Und er faltet vor der Brust die Hände
Und er spricht in brünstig leisem Beten:
»Das ich nie gekannt in meiner Armut,
Nie geliebt, bevor ich es verloren, –
Weiser, sage mir, was ist das Leben?«

Nach dem Steuer greift der greise Färge,
Auf am Maste fährt das schwarze Segel,
In die Wellen beugt des Bootes Bug sich
Und beginnt sie furchend aufzupflügen.
»Leben, Leben, – das ist all und eines,
Ist das Wandern und die Rast am Wege,
Ist die Nacht, die Morgenlicht gebäret,

Ist der Becher und der Wein im Becher,
Ist der Baum und ist die Frucht am Baume,
Leben ist: sein Schicksal reifen lassen.«

Ferne gleitet schon das dunkle Segel,
Fern verhallt der Gruß des greisen Färgen,
Stille wieder dehnt sich das Gestade,
Grau und grenzenlos des Meeres Oede,
Aber immer lauter klingt der Quelle
Silbersaitenspiel, und Balder lauschet
Lang dem wundersamen, süßen Sange,
Lang dem Lied vom rätselreichen Leben. –

Sommernacht mit leisen Händen segnet
Wald und Tal und weites Land und Ferne.
Dunkelgolden glühet von der Halde
Windgewiegtes Kornfeld, und die Bäume
Breiten tief die fruchtbeschwerten Zweige
Zu der Erde nieder, traumversunken.
Letztes Licht erstirbt auf weißen Bergen.

Aus dem finstern Walde schreitet langsam
Auf dem hellen, schmalen Pfad ein Wandrer,
Schreitet an dem Wiesenhang herunter
Und wie zwischen hohen, goldnen Mauern
Durch das Korn und hört es leise rauschen.
Und er lächelt still und schreitet weiter
Auf dem schimmernd blanken Wege talwärts,
Und es klingt sein Wanderlied verloren
Ueber Wald und Hügel in die Weite,
Und die Blumen lauschen und die Halme
Und die Birken, und im dunkeln Hause
Hebt sich aus den heißen Linnen schlaflos
Auch das kranke Kind empor und lauschet
Staunend durch die Nacht dem fernen Liede:

»Reife still heran zu reicher Ernte,
Goldne Frucht, – die Sichel hör ich singen.
Reife still in Licht und Sturm und Schatten, –
Alles will dir seine Hilfe bringen.
Reife still aus Leid und Lust des Lebens,

Menschenherz, dem hohen Tag entgegen,
Leg dich leis in deines Schnitters Arme:
Reife Frucht und reicher Erntesegen!«

Über tredition

Eigenes Buch veröffentlichen

tredition wurde 2006 in Hamburg gegründet und hat seither mehrere tausend Buchtitel veröffentlicht. Autoren veröffentlichen in wenigen leichten Schritten gedruckte Bücher, e-Books und audio-Books. tredition hat das Ziel, die beste und fairste Veröffentlichungsmöglichkeit für Autoren zu bieten.

tredition wurde mit der Erkenntnis gegründet, dass nur etwa jedes 200. bei Verlagen eingereichte Manuskript veröffentlicht wird. Dabei hat jedes Buch seinen Markt, also seine Leser. tredition sorgt dafür, dass für jedes Buch die Leserschaft auch erreicht wird.

Im einzigartigen Literatur-Netzwerk von tredition bieten zahlreiche Literatur-Partner (das sind Lektoren, Übersetzer, Hörbuchsprecher und Illustratoren) ihre Dienstleistung an, um Manuskripte zu verbessern oder die Vielfalt zu erhöhen. Autoren vereinbaren direkt mit den Literatur-Partnern die Konditionen ihrer Zusammenarbeit und partizipieren gemeinsam am Erfolg des Buches.

Das gesamte Verlagsprogramm von tredition ist bei allen stationären Buchhandlungen und Online-Buchhändlern wie z. B. Amazon erhältlich. e-Books stehen bei den führenden Online-Portalen (z. B. iBookstore von Apple oder Kindle von Amazon) zum Verkauf.

Einfach leicht ein Buch veröffentlichen: **www.tredition.de**

Eigene Buchreihe oder eigenen Verlag gründen

Seit 2009 bietet tredition sein Verlagskonzept auch als sogenanntes "White-Label" an. Das bedeutet, dass andere Unternehmen, Institutionen und Personen risikofrei und unkompliziert selbst zum Herausgeber von Büchern und Buchreihen unter eigener Marke werden können. tredition übernimmt dabei das komplette Herstellungs- und Distributionsrisiko.

Zahlreiche Zeitschriften-, Zeitungs- und Buchverlage, Universitäten, Forschungseinrichtungen u.v.m. nutzen diese Dienstleistung von tredition, um unter eigener Marke ohne Risiko Bücher zu verlegen.

Alle Informationen im Internet: **www.tredition.de/fuer-verlage**

tredition wurde mit mehreren Innovationspreisen ausgezeichnet, u. a. mit dem Webfuture Award und dem Innovationspreis der Buch Digitale.

tredition ist Mitglied im Börsenverein des Deutschen Buchhandels.

Dieses Werk elektronisch lesen

Dieses Werk ist Teil der Gutenberg-DE Edition DVD. Diese enthält das komplette Archiv des Projekt Gutenberg-DE. Die DVD ist im Internet erhältlich auf **http://gutenbergshop.abc.de**